スカイマーシャル

麻生 幾

角川春樹事務所

目次

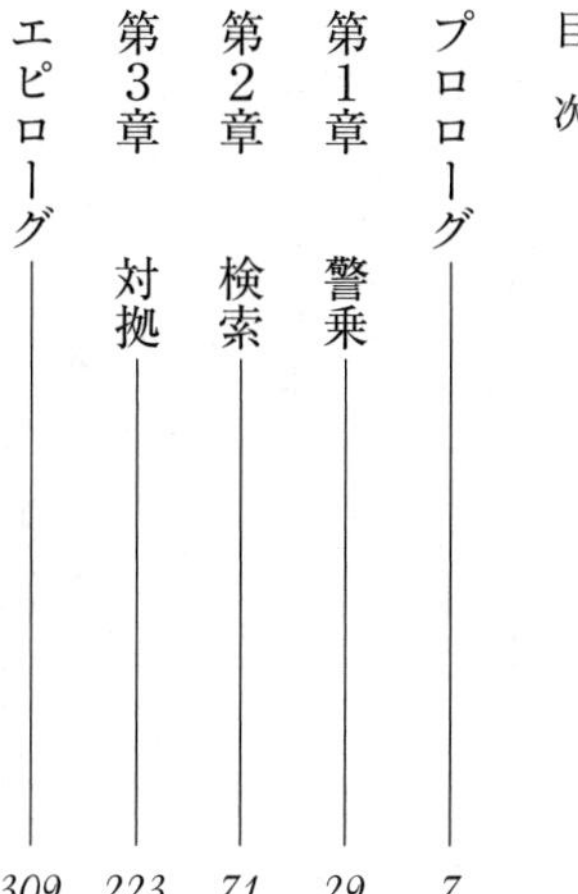

主要登場人物

兼清涼真　スカイマーシャル《42列C》
矢島班長　スカイマーシャル　兼清の上司《33列H》
北島隊長　「クウテロ」隊長

立花咲来　さくら212便　チーフパーサー
堀内綾乃　ビジネスクラス　パーサー
末永早苗　エコノミークラス　パーサー
深沢由香利　エコノミークラス　フライトアテンダント

サイトウ・ヒロシ　旅客《13列A》
スミス・グレイザー　旅客《16列H》
コンドウ・タケル　旅客《31列G》

コンドウ・サクラコ　タケルの妻《31列F》
モリムラ・カナコ　旅客《39列D》
ヨシザワ・ミツキ　旅客《40列H》
ソノダ・ユウカ　兼清の隣席の旅客《42列A》

志織　兼清の妻。故人
若葉　兼清の娘

プロローグ

　アメリカへ向かう日本の旅客機の乗務員たちは、出発時刻の少なくとも二時間前に、業務（ぎょうむ）連絡用のウエッブサイト「Ｋｗｉｎ（クウィン）」を閲覧することが重要な規定となっている。

　そのサイトのトップ画面に「新着警報」のブリテン（掲示）が出ていないか、出ていればその内容を確認しなければならない。二〇〇一年のアメリカ同時多発テロ事件以降の規定だ。

「新着警報」とは、旅客内で危険行為を行うすべての者、つまり「航空保安（こうくうほあん）を損（そこ）なう可能性が高い危険人物」に関する情報である。右下隅に情報の発信元（クレジット）として、国土交通省航空局の名称が微細な文字で表示されている。だが、真の情報源（ソース）が、主要各国の治安情報機関と共有（シェア）された情報を含む日本政府の国家情報コミュニティであることは伏（ふ）せられている。

　二十年以上の長きにわたってその規定が続いてきたことで、日本の一部の航空会社の中では、いつの間にか、ある〝隠語〟が生まれることとなった。

「航空保安を損なう可能性が高い危険人物」に関する情報があれば、その旅客そのものに対して「Kwin」の言葉からアレンジした《QUEEN》という隠語で呼称する慣習となったのである。

しかも「新着警報」で《QUEEN》の警告がブリテンされていない場合でも——たとえば〈13列B〉に座っている旅客について、機長もしくはチーフパーサー（客室乗務員の統率者）が不審者と独自に判断すれば、「13、ブラボーに《QUEEN》！」という符牒を使って、すべての乗務員たちがその旅客に関する情報を共有しあうことになったのだ。

季節的には二十四節気の一つである大雪と呼ばれるその年の十二月の始めの、ある日。日本時間の未明。「新着警報」がブリテンされた。

内容は、羽田の東京国際空港もしくは、成田国際空港から、アメリカ合衆国へ向かういずれかの旅客機に、《QUEEN》が搭乗し、危険行為を行う可能性が高まっているという警告だった。ここ一年間では、初めての警報だった。

しかしその警報には問題があった。

《QUEEN》の氏名、性別と国籍がいずれも不明。しかもいかなる航空会社の、どの便に乗るかについても特定されていなかった。

《QUEEN》に関する同じ情報をパソコンのディスプレイで見つめている警視庁警部補の階級を持つ男は、自分の身分を秘匿し、かつ自身の存在を目立たなくすることに長けた男だ。実際、彼が秘匿にしている任務においてそれを容赦なく徹底している。ここ五年、警視庁の庁内紙「自警（じけい）」で毎年掲載される人事に関する記事に、兼清涼真（かねきよりょうま）の名前が一度として載ったことがないことも彼の密（ひそ）やかな任務には必須（ひっす）だった。

警視庁で機動隊などを運用する警備部において、〝クウテロ〟との略称で呼ばれる「警視庁東京国際空港テロ対処部隊」。その、いち組織である「特務班（とくむはん）」に属する兼清は四十一歳。兼清の肩書きは、国内的には「航空機警乗（こうくうきけいじょう）警察官」と呼称されているが、国際的には「スカイマーシャル」や「エアーマーシャル」の名称で呼ばれることが多い。

兼清の密やかな任務は、行政文書上は「我が国航空機におけるハイジャック等のテロリズムの防止及びかかる事案への対処に万全を期するため」と堅苦しく書かれてはいるが、平たく言えばわかりやすい。一般旅客を装って秘匿で旅客機に乗り込み、《ＱＵＥＥＮ》がもし機内で、コックピットへの侵入を試みたり旅客に重大な危害を加えるなど航空保安に関（かか）わるコトを起こしたのなら、それを無力化（むりょくか）することだ。

兼清にはもう一つ秘匿すべきことがあった。自動式拳銃（けんじゅう）を武装して旅客機に搭乗することである。

二年前

その年の十二月二日、都会は白い景色にすっぽりと包まれ、夜になると凍りついた空気も一気に冷たさを増すこととなった。東京湾に面した街は一層冷え込んでいる。海風に乗った玉雪が京浜運河を渡り、暖簾(のれん)をくぐって店から出てきたばかりの兼清涼真の首回りを遊んでいった。

背筋を震わせて緑色のマフラーを強く締め直した兼清は辺りの雪景色を見渡した。国道1号線のいつもの喧噪(けんそう)や地響き音がほとんど聞こえない。雪が吸い取ったからなのか、辺りは静寂に包まれている。

だが兼清の後ろから雪道を踏み散らして現れた男たちの賑(にぎ)やかさはいつもと同じだった。居酒屋ミヤガイの店内は、兼清たちのグループ以外にも、警視庁第6機動隊本部と隣接した若鹿(わかじか)寮の奴(やつ)らでごった返していた。

「兼清、次の店だ」

三人の部下たちを従えた北島が後ろから声をかけた。

「お前が乗務員たちに上から目線で命令していることでクレームが来ている件の続きだ。分かってるな？」

「ええ」

兼清は軽く受け流した。

「だから、まだ付き合え」

「すみません、今晩はこれで――」

兼清が頭を下げて言った。

しばらく驚いた表情で兼清を見つめていた北島は、何かを思い出したように一人頷いた。

「若葉ちゃん、一人で待ってるんだったな」

北島の言葉に、兼清は小さな笑顔だけで応じた。

「今晩は、〝強制の有志〟ってやつに付き合わせたな」

「いえ、こちらこそ、ごちそうさまでした」

兼清はもう一度頭を垂れた。

「明日も休みだから、病院か？」

兼清は北島の問いかけに小さく頷いた。

「志織さんが入院してどれくらいになる？」

北島が訊いた。

「三カ月です」

兼清が短く答えた。

「明後日は、シカゴ便での任務があるが、誰かと交替を——」

「その話はナシです。いつも通り、〝常に備えよ〟、それが私のやり方です」

兼清が遮ってそう言った。

部下たちを先に行かせた北島が神妙な顔つきで振り返って言った。

「昼間、お前が対策官から命じられた件だが、本当に引き受ける気か？」

「ええ」

兼清が肯定した。

「しかし、せっかくの非番の日だから奥さんに付いててやんなきゃいけないだろ？」

「大丈夫です」

兼清は真剣な表情で頷いた。

「本来ならその仕事は、空港警備隊の所掌なんだがな——」

兼清は北島のその言葉を聞きながら、数時間前、クウテロのトップである空港警備対策官の滝川警視正と向き合った時の光景を脳裡に蘇らせた。

兼清を自宅に呼び入れた滝川は、数日前に発生した国際的な日本企業の経営者の外国人が裁判所の判決から逃れるため、羽田空港から密出国した事件について話し始めた。

空港警備にも漏れがあったのではないかとの声が与党の中に広がっていること、また刑事事件の捜査とは別に警備上の調査を行うべきだという提議が衆議院の安全保障委員会の多数を占める与党議員たちからもなされたことなど、滝川は時間を割いて縷々説明した後でようやく本題に入った。

「九年前、君がまだ地上勤務の空港警備隊にいた頃、空港警備の総合的見直しが大々的に行われたことは憶えているな。空港敷地の地上警備、航空機に隠匿しての密輸や密出入国者などに対する警備システムなど多くのプログラムが更新された。その中で、君は、『密出国者の探知、捜索、追跡』という、今まで誰も考えもしなかった画期的な新規プログラムの開発に寄与し、そのシステムは驚くことに今でも稼働している」

お褒めの言葉の次は決まって過酷な仕事が言い渡されるのだ、と兼清は思わず身構えた。

「そこで、君のその類い希な才能を発揮してもらいたい、と私は思っている。この任務は、君こそ相応しいからだ。明後日のシカゴ便での任務を終えたら、さっそくに調べを開始してくれ」

滝川が語気強く言った。

「光栄です」

兼清は嘘をついた。なぜなら、取引材料があったからだ。

「一人でやってくれと言ってるんじゃない。君の下に、空港警察署警備課から二名の――」

「それは結構です」

兼清は即座に否定した。

「しかし一人では――」

「その方が自分の性に合っています」

兼清は言い切った。

「一匹狼を気取れるのも長くないぞ」

兼清は滝川のその言葉には何も反応しなかった。

「ただ、航空機警乗の非番の期間を潰して、任にあたってもらうことが甚だ申し訳ないとは思っている」

「それは何ら問題ありません」

兼清はそのタイミングを待っていた。

「その任務を終えた後、一週間の有給休暇をください」

これまでのような小刻みではなく、妻の志織とゆっくり時間をかけて色々なことを話したかった。

「一週間？」

滝川は眉を顰めた。

「最高の報告書を仕上げます。与党議員の皆さんに喜んで頂けるようなものを必ず――」

兼清は一気に捲し立てた。

「分かった。家族は大事だ」

滝川はそう力強く言って、頷いた。


「引き留めて悪かった」北島は兼清の肩を軽く叩いた。「明後日まで、家族でゆっくり過ごせ」

そう言うと、北島は雪道で足元も危うく、部下たちの後を追って行った。

帰宅の電車の中で流れゆくネオンを漠然と見つめながら、兼清は、滝川対策官から命じられた、いわば特命作業のことを思い出していた。

その、〝鷲鼻の外国人企業経営者〟が、羽田空港から密出国した事件は極めて計画的だった。

これまでの警視庁の捜査で明らかになっていたのは、日本の司法当局から事実上の監視状態にあった自宅マンションから都内のホテルへ向かうため、「黒い箱」の中に身を隠した〝鷲鼻の外国人企業経営者〟は、裁判所による実刑判決を逃れるため、共犯者であるサポートチームの手を借りて、プライベートジェット機専用の羽田空港プレミア・ゲートの出国管理とＣＩＱ（税関検査）の手続きを逃れ――つまり日本の法律に違反し、小型ビジネスジェットに乗って日本を出国したということだった。

シカゴ便での警乗を終えた兼清は、さっそくに調査に取りかかった。

兼清は、空港警察署の刑事係から取り寄せた資料を分析し、デスクの上で自分自身の推察をまず試みた。

この映画もどきの海外逃亡劇を大々的に伝えているマスコミは、ＣＩＱの前に行われた保安検査に責任を向けていた。本来、ハイジャックやテロを防ぐといった旅客の安全を守ることが目的であり、プライベートジェット機はその危険性がほとんどないとの意識が強いことからの気の緩み、また航空会社側が求めなければ保安検査が行われないシステムとなっていた点に大きな穴があったと批判している。

だが兼清は違った。調査を開始して兼清が真っ先に注目したのは、ＣＩＱだった。そこでは「黒い箱」の中身を確認することができたはずだからだ。

刑事係による税関担当者からの聞き込みによれば、〝鷲鼻の外国人企業経営者〟を海外へ逃がすために編成されたサポートチームのリーダーである元特殊部隊員が、税関の係官に、「この音響機器の運搬に使う黒い箱がとにかく大きくて重く、また精密な機器なので、税関と出国検査の前に航空機に先に載せさせてくれ」と説明した。実際、リーダーは海外のマスコミに対して、そうやってまんまと海外へ逃がしてやった、と自慢してみせている。

兼清は、分析を進めた。だが、途中で壁にぶち当たった。膨大なパズルを組み立てているはずが、迷路に迷っているかのようになってしまったのだ。

気分を変えるため、第6機動隊の敷地に間借りしている、クウテロ本部の会議室にあるデスクの前を離れて、機動隊たちの訓練場であるグラウンドに降りてみた。

昼間なら完全武装でトレーニングする機動隊員で溢れるが、今では、人気のなくなったグラウンドに腰を落とした兼清は大きく息を吐き出した。

その時だった。突然、ある光景が脳裡に蘇った。

それは先週の非番の日、来年の四月に小学校五年生になる娘の若葉とともに、入院している妻の志織を見舞っていた時のことだった。


ベッドの脇にあるワゴンへ兼清はふと目をやった。

万葉集の解説本がそこにあった。兼清は何気なしに手に取ってみた。

「ああ、それね。日本語が本当に美しくて心が穏やかになるの」

兼清は笑顔で頷いた。しかし内心は心が大きく掻き乱されていた。兼清だけには医師から志織にそれほど時間が残されていないことを伝えられていたが、彼女は自分の運命を知っているようだった。だからその恐怖や娘と別れなければならない悲しみを、この歌集で癒やしているのかもしれない、と思うと兼清は胸が締めつけられた。

「特にね――」

志織が兼清に向かって手を伸ばした。解説本を手にした志織はページを捲った。

「これ、これ。ここを見て」

志織はページを開いて、あるところを指さしながら兼清に手渡した。

兼清が目を落とすと、柿本人麻呂の歌があった。

〈たまゆらに　昨日の夕見しものを　今日の朝に恋ふべきものか〉

「この歌の意味はね、昨夜、ほんの僅かなひととき、お会いして愛を交わしたばかりなのに、夜が明けてお帰りになると、もうもうこんなにあなたが恋しくなるなんて――という、本当は激しい愛の歌なんだけど、その最初の『たまゆら』というのがとってもいい響きでしょ」

「たまゆら……」

「美しい曲玉が触れあってかすかな音をたてるところから生まれたとの説があるんだって」

「専門家はだしだな」

兼清は微笑(ほほえ)んだ。

「でもね、不思議な解釈もあるの——」

志織は遠い目をしてつづけた。

「その昔、〈あるかないかわからないもの〉というたとえにも使われたとか……」

「あるかないか……」


訓練に出掛けていた機動隊の小隊バスがグラウンドに入ってきたことで現実を取り戻した兼清は、その時の言葉を繰り返した。

「あるかないかわからないもの、というたとえ……」

そうか…… 〝鷲鼻の外国人企業経営者〟はビジネスジェット機に乗ったとされているが、それは、あるかないかわからないもの、だった……つまり……乗るフリをして、実は乗らなかったとしたら……。

兼清の思考は一気にそこへ流れ始めた。

まず思いついたのは、日頃、兼清自身が任務上、重要視していることに大いに関係があることだった。

航空機警乗の心構えはなんであるかと問いかけがあった時、兼清はいつもこう答えてきた。

〝スカイマーシャルは常にリスクコントロールのプランニングを最優先で考える。あらゆるリスクを想定し、すべての可能性を考慮し、それぞれのリスクコントロールをプランニングする必要があるからだ〟

〝鷲鼻の外国人企業経営者〟を運んだサポートチームのリーダーは、米国メディアへリークした内容の中で、プレミア・ゲートを散々観察した上で作戦が成功すると確信したので実行した、という内容の説明をしていた。だが、それには大きな矛盾があることに兼清は気がついた。

その判断には、リーダーが元特殊部隊員であったことが重要な手がかりとなった。

常にリスクコントロールのプランニングを行うことが体に染み込んでいる特殊部隊経験者ならば、プレミア・ゲートのＣＩＱで、税関係官から、中身を見せて、と言われる可能性はゼロではないとリスクを計算していたはずである。あらゆる理由を並べ立てて断ったとしても、税関職員の要求はいわば国家権力なのでそれには抗(あらが)えない。強制される可能性があることは特殊部隊員なら必ず考える。もし、開けることを強要された時には、強引に拒否することが難しい場面があることも当然、想定する。ゆえに、かつて特殊部隊員であったのなら、そのリスクを受け入れなかったはずだ。

つまり、リスクコントロールのプランニングができなければ、特殊部隊は作戦を実行しない。特殊部隊は〝幸運に賭ける〟ことは絶対にしないのだ。その点を考えれば、今回、実行した作戦は、ギャンブルそのものだった。万が一、開けられ、企みが発覚した時の、〝鷲鼻の外国人企業経営者〟はもちろん、リーダーのダメージは計り知れない。ギャンブルに踏み切るということは絶対にしなかったはずだ。

兼清は調査を開始した。まず防犯カメラを徹底的に解析した。

すると、画像の一つから奇妙な光景を見つけた。

リーダーの誘導で、〝鷲鼻の外国人企業経営者〟が隠れたとされる「黒い箱」がビジネスジェットに載せられる時、それまでいかにも重たそうな雰囲気で運んでいたのに、キャビンに入れる瞬間、運搬員の態度が変化した。まるでスポンジの塊を手にするかのように、ひょいっ、という感じで扱ったのだ。

だが兼清に驚きはなかった。リスクコントロールを考えれば、リーダーたちが行った欺瞞工作は当然なことだ、と思ったからだ。

兼清は、自分の頭の中で立ち上がった、一つの推察を追究することにした。

兼清が始めていることは裁判での疎明資料を固めるための捜査ではなかった。あくまでも〝航空保安〟のためだった。

つまり、航空保安を害する者が、ＣＩＱを違法に突破し、民間旅客機に侵入してくるのをいかに早期に探知し、無力化するか、それもまたクウテロの「本来任務」である。海外ではそのような〝侵入者〟が発生するケースが、報道されるよりずっと多いことを海外の機関と情報共有していた。

　捜査資料を読み込んだり、調査を進めた結果、さらに手がかりが見つかることとなった。〝鷲鼻の外国人企業経営者〟は、変装して自宅を徒歩で出て、流しのタクシーで向かった港区のホテルの一室に一旦入った。そこへリーダーが迎えに行って「黒い箱」に入った〝鷲鼻の外国人企業経営者〟を運び、トヨタ・アルファードに載せて羽田空港のプレミア・ゲートへ向かっている――。

　そこまではいい。警視庁のＳＳＢＣ（捜査支援分析センター）が解析した結果をまとめた報告書にもある。

　しかし、それぞれの時間を精緻に調べていくと、ある不可思議なことにぶつかった。ホテルを出てから羽田空港に着くまでの時間が、当時の渋滞状況も加味してシミュレーションをした結果、少なくとも四十分も余計にかかっているのだ。

　兼清は、アルファードのナンバーをすぐさまNシステムにかけた。その結果、〝四十分間〟の謎が解けることになった。

　アルファードは、ホテルを出てから羽田空港に向かうまでの間、港区の西麻布交差点から外苑東通りへと北上し、「星条旗通り前」の交差点でNシステムにヒットして、その十分後、同じ道の同じ信号でヒットしていたのだ。

兼清は地図を広げた。そして、その施設に目が釘付けとなった。

そこからは兼清の大胆な仮説となった。

東京都二十三区内の一等地には、時と場合によっては監視カメラに記録を残すことなく、また入場者や荷物のチェックもされることなく海外に出国できる場所がただひとつある。厳密に言えば、そこは日本国内であって日本ではない。

捜査から警護や諜報までこなす〝何でも屋〟の、ＯＳＩ（アメリカ空軍特別捜査局）のオフィスがある、通称、ハーディーバラックスと呼ばれる東京都港区の西麻布交差点に近い在日米軍基地に、特別な許可を得た車両が通過した場合、防犯カメラもスイッチが切られ、荷台を調べられることもなく、ヘリポートへすぐに辿り着ける。そしてそこからヘリコプターで横田や厚木の米空軍基地へ飛んで行けるのだ。横田や厚木からは、世界中の米軍基地への飛行が可能である。それも日本のパスポートコントロールやＣＩＱも受けることなく――。

今回の事件を巡る一連の報道では、日本を密出国した〝鷲鼻の外国人企業経営者〟は、羽田空港からトルコのイスタンブール空港まで行き、そこから新たなプライベートジェットに乗り換えて目的地へ向かったとされている。

だが兼清の頭の中に浮かんだのは、トルコには世界最大級のアメリカ空軍基地があることだった。

兼清が最終的に導いた調査結果は、そのほとんどがエビデンスに支えられているものではなかったが、後日、警察庁警備局から高い評価を受けることになる。

報告書を提出して一週間後のことだった。警察庁警備局でアドホック的に特命任務にあたる外事調査官室の名刺を差し出した男は、兼清の報告書をあらためて絶賛した上で、あるエピソードを口にした。

日本の巨大な企業の外国人経営者は、中東の出身国の特性とその幅広い人脈から、イスラム過激派のマネーロンダリングの実態把握に繋(つな)がる多数の者たちと良好な関係を維持していた。

アメリカの情報機関は当該の〝鷲鼻の外国人企業経営者〟に注目した。そして間もなくしてアメリカ情報機関は、協力者を運営する「T／C」（技術的運営者）になることを提案し、外国人経営者は海外における様々なリスクを回避するための支援と引き替えに応諾した——。

そして、約束通り、〝鷲鼻の外国人企業経営者〟からのSOSで〝海外における様々なリスクを回避するための支援〟をアメリカが実行する日が来た。アメリカ情報機関側にも事情があった。〝鷲鼻の外国人企業経営者〟が日本の裁判所の指示によって事実上の〝自宅軟禁〟状態になっていては海外の協力者と接触させることができないでいたからだ。

今後のアメリカとの裏交渉での〝武器〟を得ることができたと喜んだ警察庁警備局は、兼清にそれ相応の報償を与えようと希望を訊いてきた。

兼清が口にしたのは、家族と過ごせる休暇が欲しい、ということだった。警察庁警備局からの〝天の声〟は、警視庁警備部のいち警察官のスケジュールなど簡単に左右できるからだ。

〝公式〟報告書を提出するため、兼清は、大井競馬場近くの第6機動隊に間借りしていたクウテロ本部へ向かった。隊長室に入った兼清は、任務が終了したことを告げてから、警察庁警備局からの情報は書き込んでいない報告書を隊長の机の上に置いた。そして毅然とした姿勢で頭を下げて隊長室を後にした。

第6機動隊の敷地から出た兼清は、その足で妻の志織が入院している病院へと向かった。

病室には、娘の若葉の姿があった。

「来週は、一週間、毎日来る」

兼清が言った。

「えっ？　無理してるんじゃないの？」

痩せこけた志織がベッドの中から驚いた表情を向けた。

兼清は穏やかな表情で顔を左右に振った。

「ママ、私も毎日来るよ！」

若葉が弾んだ声で言った。

しかし、それが志織と過ごした最後の一週間となった。

知らせを聞いたのは、任務でワシントンへ向かっている高度一万メートルの上空でのことだった。

衛星電話を終えてエコノミークラスのトイレの中で一人泣き崩れた兼清に、一カ月ほど前、病室で二人っきりになった時の、志織の笑顔とあの言葉が蘇っていた。

「もっと休みをとるようにするよ」

兼清が言った。

「安請け合いはするもんじゃないわ」

志織が笑顔で言った。

陽光が差し込む窓へ、一度、目をやってから兼清は志織の顔を見つめた。

「今まで忙しすぎた。悪かったな」

「なに？　急に——。涼真らしくもない」

志織は呆れた表情を向けた。

「随分、苦労をかけてきたな」

兼清が神妙な表情で言った。

しばらくの沈黙の後、志織は口を開いた。

「私はずっと信じてきたの」

志織が優しい響きでそう口にした。

「信じてきた？」

「ええ。運命の巡り合わせってあるでしょ？　私はね、涼真と巡り合わせの中で出会った。それも一生に一度の運命の巡り合わせで――」

その穏やかな表情を見つめながら、兼清は、二人には何の問題もないし、若葉とともに三人の時間が永遠に続く、と信じて疑わなかった。

しかし、現実は過酷だった。

兼清は、妻の最期を看取ることができなかった。しかもその時、娘の若葉に寄り添うこともしてやれなかった。

第1章　警乗

現在　十二月二日

11：55　羽田空港（東京国際空港）「さくら航空」オペレーションコントロールセンター客室部

テニスコートを三面合わせたほどの広大なエリアに幾つも並べられた大きなテーブルは、大勢の客室乗務員たちがCA(シーエー)ブリーフィング（便ごとの客室乗務員全体会議）を行っている熱気で包まれていた。それが始まっていないテーブルでも、お客様をチェックするために会社から支給されているタブレット端末を操作したり、某国の通関システムの変更という、会社からの注意事項などが書かれた書類に目を通すなど、客室乗務員たちは誰(だれ)もが忙しくしている。

〈さくら212便〉のチーフパーサー（客室乗務員の統括者）である立花咲来(たちばなさくら)にしてもそれは同じで、ブリーフィング用のテーブルからは少し離れたデスクの前で、デスクトップのキーボード操作に忙しかった。

そんな咲来に最初に声をかけたのは、ビジネスクラスのパーサー（クラスの責任者）である堀内綾乃だった。

「立花チーフ」

振り返ると堀内綾乃が立っていた。

「今、Ｋｗｉｎのサイトで、《ＱＵＥＥＮ》の警報を見ました。まさかウチのフライトではないですよね――」

堀内綾乃は悪戯っぽい表情で言った。

「ええ、ウチだと思ってるわ」

咲来は真顔で言った。実際、咲来の頭と体は緊張感に包まれていた。

「えっ！」

思わず声を上げてしまったことで堀内綾乃は周りを見ながら小声になった。

「どういう意味です？」

「つまり心構えよ。可能性は可能性と考えない。可能性は、真実、必然と受け止める。だから、いつもより強い緊張感を持つ。いいわね？　メンバー（客室乗務員）にも伝えて」

咲来は厳しい表情で一気に言った。

「はい、分かりました」

毅然とした雰囲気でそう言った堀内綾乃だったが、咲来が見つめているものを覗き込んだ。

「チーフ、ここに至ってもまだ『アロケ』（客室乗務員の配置表）ですか？」

咲来が見つめるパソコンの画面に映し出されているのは客室の平面図と、各ドアの番号ごとの囲みに記入された客室乗務員たちの名前だった。

振り向いた咲来は苦笑して堀内綾乃を見つめた。

「まっ、いろいろ考えちゃってね」

咲来が言った。

「でも、すでに一時間前に、この通りのチャートを頂いていますが？」

「そうよね……」

咲来の反応はいつになく歯切れが悪かった。

「もしかしてチーフは、エコ（エコノミークラス）の末永パーサーの下に、深沢さんを配置したことを後悔してらっしゃるんじゃありませんか？」

堀内綾乃が、いきなり咲来の心中を当ててきた。

本社のどんなお偉いさんの前であっても臆することなく意見を言う彼女らしい姿だと咲来は苦笑せざるを得なかった。それでいて向上心は旺盛で、客室乗務員では珍しいパラメディック（救急救命士）の資格を持っているというから咲来も最初、メンバーに加わった時は驚いたものだった。

「まあ、あなたはビジ（ビジネスクラス）だからよく分からなかったかもしれないけど、深沢さんと末永パーサーを同じクラスに配置すると、いい効果が生まれなかったことは一度や二度じゃなかったの」

咲来はそう言ってから堀内綾乃へチラッと視線をやって首を竦めた。

新卒で入社して客室乗務員に就いた咲来にとって堀内綾乃は十一年後輩にあたる。咲来が堀内綾乃を何かと目にかけているのは、同じ大阪市内に生まれ育ったからというだけではなかった。

堀内綾乃は、〝キレイ〟〝気が利く人〟という客室乗務員にとって重要な二つを揃えているからだ。ゆえにまだ二十代にも拘わらず、ビジネスクラスのパーサーを任されていた。

「つまり、二人を同じクラスに入れると、コミュニケーションが悪くなった、そういうことですね？　私も聞いたことがあります」

堀内綾乃がそう言ったのに咲来は溜息をついて頷いた。

「ええ。チームワークが悪くなることで、お客様へのサービスに何か影響が出るかもしれない、それを真っ先に心配してしまってね。特にコミュニケーション不足からミスが重なった時にエラーチェーンが発生することが一番恐いからね」

咲来がつづけた。

「その子を中心に、ちょっとギクシャク、空回りが起きてしまうからね。フライトにおいてはスムーズにいかないと困ってしまうでしょ」

「私も経験があります」

堀内綾乃がつづけた。

「片方が相手を怖がっている、という場合には、上手く報告がいかない、流れないという時がありました」

「そうね。その二人のコミュニケーションが上手くいかないのは、互いに言葉がひと言足りないのが原因。それで『あちらのお客様のことですけれども』という連絡がなされない場合があったわ――」

咲来が溜息混じりに言った。

「それでしたらなぜ今回は二人を同じクラスに?」

堀内綾乃が訊いた。

「あなたも分かっている通り、ここのクラスは、あの子のサービスが相応しい、あそこは誰のサービスぶりが喜ばれるか、という観点で配置を決める。そういうことで考えて全員の配置を決めていったら、どうしても二人を同じクラスに入れることになってしまったのよ。だから――」

咲来は言い淀んだ。

「思い切って深沢さんのポジション（担当ドア）を『L3』（左側の翼の上のドア）にする選択肢もあるんじゃないですか。あっ、そこは非常用脱出口なので、エマージェンシー対応上、心配されたとか？」

　堀内綾乃の言葉に咲来は頭を振った。

「配置で重要なのは、なんと言っても、保安業務優先のアサイン（割り当て）より、サービス優先でしょ。翼の上のポジションはエマージェンシーの手続きとプロシージャー（段取り）がちょっと違うからこの人を配置する、しないというんじゃない。だってエマージェンシー対応は誰がどのドアに立っても全員ができるでしょ」

　咲来の言葉に堀内綾乃が真顔で頷いた。

「それに、末永パーサーは、深沢さんが、〝ピンクちゃん〟だということも毛嫌いしている、そんな話も聞いたことがあります。深沢さんが、ある既婚のキャプテン（機長）に、〝今度の温泉旅行、制服持って行った方がいいですよね〟って訊いたとかで――。航空局からの制服の管理強化指示のモロ違反ですけど――」

　それには咲来も苦笑するしかなかった。そういった不倫している客室乗務員を、さくら航空では〝ピンクちゃん〟と呼ぶ慣習があった。

「でも、私もさすがに思い余って、二人に一度言ったことがあるの」

　咲来が厳しい顔つきで言った。

「本当ですか？」

　堀内綾乃が驚いた表情を向けた。

「前回のロンドン便でキハン（機内販売）が終わって一段落してから話したわ」

「そんなに早くですか？」

堀内綾乃が驚いてみせた。

「そういったことは現場に居合わせた時になるべく早いタイミングで話をするのがいいと思っているからね」

「それで、何とおっしゃったんです？」

堀内綾乃は興味津々といった雰囲気で訊いてきた。

「深沢さんには『あなたも分かってない部分もあるんだから』と。末永パーサーには『あなたももっと大人になって』と——。まっ、中学生みたいだけどね」

そう言ってから、咲来は自分のグループのブリーフィングテーブルに目をやった。

「さっ、時間よ。みんなも集まってるわ。じゃあ、行きましょう」

そう言って咲来は勢いよく立ち上がった。

ブリーフィングテーブルの前にはすでに客室乗務員たちが集まっていて、タブレット端末や書類にかじりついていた。

彼女たちと相対するテーブル中央の前に座った咲来は全員の顔を見回した。

「皆さん、おはようございます。今日は寒いわね。こんな季節だから中耳炎（ちゅうじえん）対策をしっかりしてね。長い地上勤務なんてゾッとするでしょ。じゃあ、さっそく――」

「チーフ」

エコノミークラスのパーサー、末永早苗（さなえ）が口を挟んだ。

「なに？」

咲来がふと顔を向けた。

「水野（みずの）清香（きよか）さんがまだなんです」

末永早苗が、メンバーの一人の名前を挙げた。

「まだ？」

そう言って咲来は壁掛け時計へ視線をやった。

「几帳面（きちょうめん）な彼女が遅刻なんてね……」

咲来が独り言のように言った。

「それも、更衣室でも、荷物預け室でも見かけていないんです。いつもならどこかで必ず顔を合わせるはずなんですが……」

早苗が困惑する表情で言った。

「そう……。まっ、間もなく来るでしょう。さっ、時間だから始めます。では、まず一般ブリーフィングとして――」

咲来の言葉に全員の視線が集まった。

12:03 国際線ターミナル

数カ月前に新しく建てられたクウテロ本部庁舎から長い舗道を歩いてきた兼清涼真は、滑走路から飛び立つ旅客機へ一度視線をやってから灰色に濁る暗い空へと目をやった。気温がぐんぐん下がっているのだろうか。氷のような冷たい空気が兼清の頬の上を遊んでいった。

アーミージャンパーのフードを被ってターミナルの前で足を止めた兼清は、到着口の外に並ぶ何台ものリムジンバスやタクシーの先まで見通した。スーツケースを手にした旅客たちが舗道に溢れ、賑やかな空気がそこにあった。

見納めか……。

巡査部長の頃より延べ八年間に及んだこの任務は、思い出、という簡単な言葉だけでは到底、語り尽くせない――。

だが、兼清はその先の言葉を頭の中ですぐに打ち消した。

兼清は力なく頭を振って首を竦めた。今日が〝現場〟での最後の任務だという現実が、自分のキャラじゃない感傷的な想いを呼び起こしたことで、自分を嘲笑った。

しかし、皮肉なことだ。最後の〝現場〟を控えて、気力、体力共に最高と確かに感じている。筋肉と関節、そして体幹の安定度がすこぶる充実しているのだ。あの持病への不安以外は――。

前方で一台の白いワンボックスカーが停車するのがふと目に入った。空港ビルの係員がすぐにやってきて、ここは乗用車を停車させてはいけないエリアだと大きな身振りで咎めている。

だが、後部座席から現れた、外国人の男は係員に一瞥も投げることはなかった。兼清の目が思わずいったのはその男の上腕だった。腕の筋肉が異様なまでに発達している。しかし、スポーツジムでつけたものではないことに兼清は気づいていた。あれは〝闘うため〟の筋肉なのだ。

大きなリュックサックを背負った男は、運転席から出てきたもう一人の顎鬚面の男と長い抱擁をしあった。

「成功を祈っている」

兼清の耳にも、顎鬚面の男のその、どこかの国の訛りのある英語が聞こえた。

「もちろん、今回のためにこれまでのすべてがあった」

力強くそう答えた〝リュックサックの男〟はターミナルの中へと消えて行った。

そう関心もなく男たちから視線を外した兼清は、顎を引いて背筋を伸ばし、大きな歩幅でターミナル入口を目指した。

ターミナルに入れば、右側にあるエスカレーターを上がり、三階の出発ロビーの隅にある目立たないドアを目指す――それがこれまで延べ八年間、兼清がつづけてきた〝習慣〟だった。しかしそれも今日で終わる。

いや新たに始まることがある、と兼清は思い直した。娘と真正面から向き合う新しい生活が――。

ターミナルの自動ドアを目の前にして兼清は突然、両耳を押さえて顔を激しく歪め、その場に蹲った。兼清を襲ったのは、太い針で耳の奥深くを突き刺されたような強烈な痛みだった。

空港エリアにおいては、通常、旅客機のジェットエンジン音の類いは環境の一部である。いちいち驚く者はいない。滑走路にでも立っていない限り、兼清のような異様な反応をする者は皆無と言っていい。

しかし兼清にとっては事情が違った。

一年前、最初の治療を受けた耳鼻咽喉科の医師の言葉が、激痛にもだえる兼清の脳裡に蘇った。

「航空機内では、離着陸時の急激な気圧の変化が起こって耳の管が閉じたままとなり、鼓膜の内と外で圧力の差が生じて痛みを伴うことがありますね。特に冬場は悪化する傾向がある。それも、あなたのように慢性のアレルギー性鼻炎があると、『航空性中耳炎』となって激痛に襲われることもあります」

そして三カ月前、同じ医師はこう告げた。

「明らかに重症化している。今の仕事をつづければ航空性中耳炎はさらに増悪し、鼓膜の内側に血液が混じった液体が溜まり、地上において、日常的にも耐え難い激しい痛みに襲われる可能性が高いです」

医師は最後にこう言い切った。

「私の言葉はドクターストップだと認識してください」

客室乗務員の中でも航空性中耳炎は多いことを兼清は知っていた。客室乗務員が医師からその診断をもらうと、一週間から十日間は飛行機での業務ができなくなる。ゆえに、冬場になると、チーフパーサーが「中耳炎に気をつけなさい」と客室乗務員たちに言っているのを何度か聞いたことがあった。

しかし兼清は部隊に申告しなかったし、自分の体に嘘をついてここまでやってきた。

痛みを和らげる薬もある。鼻炎用スプレーだ。ただ、必ず降下する三十分前に使用しなければならない。降り始めたらもう効かないのだ。

だが、もはや体は限界を超えていると兼清は一カ月前に悟った。

航空性中耳炎は、主治医の言葉通り、離着陸時での急激な気圧の差によって発症する。

だが、その激痛を記憶している脳細胞がジェットエンジン音を聞いて錯覚し、痛みを引き起こす信号を送るようになってしまったのだ。

しかし、兼清が〝現場〟を去ることを決意したのは航空性中耳炎が理由ではなかった。

そんなものは痛み止めの注射でもすれば何とかなるし、これまでもそうやってきた。

現場から離れることを決意したのは、娘の若葉との新たな生活のため——それがすべてだった。

ただ、それは自分独りで決めたことであり、娘はまだ認めてはいない。

それでも兼清は前へ一歩踏み出す結論をすでに導いていた。

だからこそ、現場での最後の任務という、今日のフライトを迎えたのだった。

突然、嘘のように痛みが消えた。

旅客機での航空機警乗(けいじょう)任務の積み重ねによって、航空機のジェットエンジン音を聴いただけで起こる、心理学で言うところの条件反応からの痛みであることに脳が気づいたからだ。

大きく息を吐き出して立ち上がった兼清は、頬に冷たいものを感じた。手を差し伸ばすと掌(てのひら)に数滴の雨粒を見つけた。

——離陸までに大雨にならなきゃいいが……。

天候のせいで機体が揺れることは兼清の任務にとって喜ばしいことではないからだ。

ターミナルに足を踏み入れて広大な空間を見据えた時、つい先ほど見つめていた《QU

EEN》の警報が脳裡に蘇った。

それにしても、よりによって、〝最後の日〟に《QUEEN》の警報が発出されたことに兼清は複雑な思いだった。しかも、今日で最後だ、ということに感傷的になっているからなのか、どこか運命めいたものを感じてもいた。

兼清の脳裡に、クウテロ本部隊長室での一時間ほど前の光景が蘇った。

「現下の情勢からして、今朝、警報された《QUEEN》に関する情報は蓋然性は高いと判断している」

隊長の北島警視が神妙な表情でつづけた。

「イスラエルとの紛争を激化させているパレスチナを支援する、過激派集団ハマスに対し、アメリカ政府が軍事行動を示唆したことにアラブで反発が広がっていることはすでに知っての通りだ」

兼清は黙って頷いた。

「しかし、その〝反発〟はパレスチナで起きているデモのレベルじゃない」

北島がさらにつづけた。

「本部の警備情報2係によれば、アメリカ権益へのテロが複数計画されているとの情報が旧西側の情報機関で共有が行われたとしている」

「その権益とは、アメリカに向かう旅客機も含まれる、そういうことですね」

兼清が先んじて言った。

北島は大きく頷いた。

「しかし、ターゲット（テロの目標）に関する情報は未だに？」

兼清が訊いた。

「いつもの通り、インテリジェンス（諜報による情報）とは不完全で、真実であるかどうかも――」

北島が顔を歪めた。

「まるで、たまゆらのように――」

「たまゆら？」

北島が怪訝な視線を向けた。

「いえ何でもありません」

兼清は誤魔化した。

「矢島とのバディについても問題はないな？」

北島は身を乗り出して尋ねた。

「もちろんです」

兼清は語気強くそう応えた。

カートを押す若い男女とぶつかりそうになって現実に戻った兼清は全身を緊張させた。

兼清の任務は、〝常に備えよ〟、それがすべてだった。それ以上でも、それ以下でもなかった。

12：32

〈さくら２１２便〉で十五名の客室乗務員たちを統率するチーフパーサーの立花咲来は、常に冷静でいることに拘ってきた。

感情を表に出すことを、機内での業務中はもちろん、プライベートにおいても常に自制している。もちろん喜怒哀楽はあるし、笑顔がキレイだと言われることの方が多い。

ただ、その笑顔は心底からのものではないと自分でも意識している。誰にも微笑みを見せる自分の背後に、研ぎ澄まされた感覚で目の前の人物や辺りを観察し、冷たい視線を送っている、冷静なもう一人の自分がいるのだ。

しかしそのことを咲来はこれまでの人生の中で誰にも明かしたことはなかった。

唯一、感じていたのは二年前に別れた男だった。別れ際、揉めることはなかった。憎しみの言葉を投げ合うこともなかった。静かな別れだった。

しかし、別れの言葉として、彼は抑揚のない口調でこう言った。

――君はずっと冷たい顔をしていた。

だが、そんな男でも、結局この男は私のことを何も分かってなかった、という言葉を去って行く背中に注いだ。

小さい頃からどんな時でも動じることはなかった。泣いたり、びっくりするような顔をしていても心は違っていた。

だから、咲来は今の仕事が天職だと信じて疑わなかった。

客室乗務員としての十七年間、いかなるトラブルにも感情を高ぶらせることも、慌てることも、気持ちを乱すこともなかったとの自負が咲来には強烈にあった。トラブルはなくすことはできない。常にトラブルはある。重要なのは冷静でいることなのだ。

そんな咲来が今、心を乱していた。

壁掛け時計とスマホ画面を見比べては、辺りへ忙しく視線を振りまいている咲来は酷く苛立っていた。

「皆さん、水野清香さんを本当に見てないの？」

咲来は、大きなテーブルを囲んで座る客室乗務員たちを見回した。

客室乗務員たちはいずれも怪訝な表情を浮かべ、互いに顔を見合わせるだけだった。

――どうしたっていうの！

咲来は声に出さずに毒づいた。

今日午後の、羽田発ニューヨーク行き〈さくら212便〉のフライトで、自分たちとともに業務に就く予定のメンバーの一人、水野清香が一般ブリーフィングが終わってもまだ姿を現さないのだ。咲来は、彼女をエコノミークラスの「L4(エルフォー)」（機首から四番目の左側ドア）のポジションにアサインしていた。

さくら航空の規定では客室乗務員は出発時間である午後二時の二時間半前、つまり午前十一時三十分までに羽田オペレーションコントロールセンターに到着していなければならない。

そして制服に着替え、ヘアセットとメイクをした上で、テイクオフの一時間半前、午後十二時三十分に行う、このブリーフィングで、今、このテーブルの前に座っているはずなのだ。

咲来の脳裡に蘇ったのは、昨夜届いた彼女からのソーシャルメッセージの内容だった。

〈さきほどAホテルにチェックインしました。ただ、風邪(かぜ)を引いたようで体調が悪く、咳(せき)も酷いため、明日の朝一番の判断で乗務がもしできなければすぐに連絡いたします〉

それが朝になっても清香からは連絡がなかったので安心していたのだが、今もって彼女の姿がないのだ。しかも彼女の携帯電話に何度電話してもすぐに留守番電話に繋(つな)がるばかりだった。

水野清香は本来、関西国際空港を勤務地(ベース)としている。だが、咲来のグループの一人のメンバーの父親が二日前に急死したことから、急遽(きゅうきょ)、ヘルプとして彼女が業務に就く調整が行われた。そのため彼女は昨夜、デッドヘッド（業務上で一般旅客として搭乗(とうじょう)）で国内線に乗って関西国際空港から羽田に到着し、都内のホテルに宿泊していたのだった。

これまでもグループ内のメンバーで欠員が出た時、咲来の希望で、彼女にヘルプで来てもらったことが四度あった。咲来は彼女の実力を高く買っていた。英語が堪能の上、時間に極めて正確で、接遇での機転は利くし、アクシデントにも動揺せずに冷静に対応できる――つまり優秀な客室乗務員だと高く評価していた。

そんな彼女が、旅客機での業務に就く前に行う重要なブリーフィングに姿を現さないというのが咲来にはまったく信じられなかった。

咲来は、彼女が宿泊したホテルへ確認しようとして客室部の出入口から通路へ出た。その矢先、手にしていたスマートフォンが振動した。

「水野さん、来てよかったね。スタンバイ（緊急時自宅待機要員）を呼び出していたけどキャンセルしておくよ」

ミッションディレクターの平井(ひらい)が開口一番、その言葉を投げかけた。ミッションディレクターとは、スケジュール統制、乗員スケジュールやトラブル対処など運航管理全般に関して社長権限さえ委譲されている、オペレーションコントロールセンターの責任者である。

咲来は、水野清香が体調不良であることから最悪のケースを想定し、昨夜のうちから平井に相談し、スタンバイの手配を要請していた。

「それが、まだなんです」

咲来が溜息混じりに答えた。

「えっ？　まだ？」

平井が驚いた声を上げた。

「ですので、今から彼女の宿泊先へ電話しようかと――」

「その必要はない」

平井が遮った。

「必要ない？」

「彼女、ちゃんとショウアップ（出社）してるんだよ」

「えっ？」

咲来が顔を強ばらせた。

「水野さん、オペセン（羽田オペレーションセンター）入口のキャット（登録機）で、出社確認のチェックを自身のＩＤカードを使ってきちんと済ませてるんだ」

平井の困惑する声が聞こえた。

「なら、着替えの途中で体調が急に悪くなってラバトリー（トイレ）に入ったきりとか

「……」

そう言ってから咲来はその考えをすぐに打ち消した。

「いえ、それでも絶対に連絡をしてくるはず。そういうところは彼女はきちんとしています」

「実は、その可能性もないんだ」

平井の口ぶりが緊張した。

「どういうことです?」

「しかも客室部のドアのカードリーダの記録にも彼女のIDカードが使用された履歴がある――」

「ここに⁉」

スマートフォンを耳にあてたまま思わず立ち上がった咲来は、広大な客室部エリアを急いで見渡した。

「本当にいないの?」

平井の困惑する声が聞こえた。

「ちょっと待ってください」

その場を離れた咲来は、スマートフォンを手にしたまま客室部内を歩いて回った。広大な空間に並ぶ幾つかのテーブルでは、グループごとでCAブリーフィングが始まっている。

咲来はそれを掻き分けるようにして水野清香の姿を捜した。

だが、やはり彼女の姿は見当たらなかった。

「やはりどこにもいません」

平井にそう報告した咲来は大きく息を吐き出した。

「客室部に入った記録は何時のことです？」

眉間に皺を刻みながら咲来が平井に訊いた。

「午後十二時五分だ」

咲来は壁掛け時計へ視線をやった。約二十五分も前のことじゃない……しかもその時、私はすでにここにいたのよ……。

咲来は訳が分からなかった。

「とにかく、もう時間がない」

平井がつづけた。

「チーフが機転を利かして私に要請したスタンバイの到着を待つしかないね」

「おっしゃる通りです」

そう言って咲来は決断しなければならないことを自覚した。

一人でも乗務員の数が減ると他の乗務員にかかる負担が半端ではない。航空保安に関わる事態が発生した時にも、客室乗務員の一人一人に任務が与えられているので対処に問題が発生することにもなる——そう判断した咲来は、平井に手配をお願いしていたのだった。

「スタンバイはいつ来ますか？」

咲来が訊いた。

「（機内での）プリフライトチェックには何とか間に合うと思う」

平井が言った。

「どなたです？」

「第12グループの横山香里さんです」

咲来にとって初めてグループに入れる客室乗務員だった。

「分かりました。では、水野さんについて新しい情報があったら連絡ください」

通話を終えた咲来がブリーフィングテーブルに戻ると、客室乗務員たちが怪訝な表情で見つめているのが分かった。

咲来は自分に気合いを入れた。出発まで一時間余り。はっきり言って水野清香のことばかり考えてはいられなかった。

「水野さんの代わりにスタンバイが入ります。横山香里さんです。よろしくね」

咲来はそれだけを言って全員を見回した。状況が分かっていない以上、余計なことを口にして緊張を解かせたくなかった。

一般ブリーフィングに引き続いて、緊急時ブリーフィングを始めることを告げた咲来は、厳しい表情で全員を見回した。

「緊急着水時の救命ラフト（ボート）で使うエマージェンシーフード（緊急時飲食料）は誰が担当ですか？」

一瞬の間を置いてからエコノミークラス担当の深沢由香利（ゆかり）が挙手した。

「私のポジションの『R4（アールフォー）』（最後部から二番目の右側ドア）に収納されていますす軽食と飲食品が詰まったリュックを背負います」

深沢由香利は胸を張るようにそう応えてから、エコノミークラスのパーサーである末永早苗へチラッと視線を向けた。

その姿に咲来は溜息がでそうだった。末永早苗より二歳年上の深沢由香利がどこか意識していることで、二人のコミュニケーションが通じ合っていないことが最近の懸念事項だった。

緊急時ブリーフィングを終えた咲来は、客室乗務員たちの一人一人に視線を送った。

「皆さんはすでに自身のタブレットで、今朝の《QUEEN》に関する警報をチェックしていることと思います。そのことをまず確認します。その上で今回のフライトでは、敢（あ）えて言うまでもなく、いつもより一層の緊張感をもって務めてください」

咲来がつづけた。

「その関連で、ミール（食事）とキハン後のキャビンウォッチ（機内監視）は、通常よりも短い間隔にします。それぞれのクラスのパーサーがローテーションを作って実施するように。また、キハンの後のレスト（休憩）は、今回に限って交替回数を少なくして時間も短縮します」

咲来は慎重に全員の表情を窺った。動揺している雰囲気はどの顔にもなかった。

咲来は安心してつづけた。

「今、私が言ったことがどれだけ体力的にも大変かは分かっています。ニューヨークに着くまでの十三時間は過酷です。しかし、私たちは備えなければなりません」

咲来はそう言いながら、それを突きつける相手は自分であるべきだ、と内心思った。ここ数カ月、疲労が重なるほどに慢性の腰痛が酷くなっていることを自覚していたからだ。

咲来は最後に付け加えた。

「不審だと感じた旅客がいれば、躊躇（ちゅうちょ）せず、私に報告してください」

全員が力強く頷いたのを確認した咲来は、それでも、目の前の彼女たちがどれだけの覚悟をもって業務に臨むかが少し不安でもあった。

だから、ショウアップしてすぐにミッションディレクターの平井から電話で言われた言葉を思い出した。

「ところで、今日のフライトには、スカイマーシャル（航空保安官）が搭乗されます。しかし皆さん、分かっている通り、特別な意識をしないように——」

今、そのことを客室乗務員たちに告げることは咲来にとっていつもと違う意味があった。なにしろ《ＱＵＥＥＮ》の警報があったばかりなのだ。しかも、どの便に《ＱＵＥＥＮ》が出現するのかまったく分からない。

それだけではない。エマージェンシーにおいて頼りになるであろうスカイマーシャルにしても、いつもの通り、どこに座っているか、また氏名や人数は咲来にしても知らされていなかった。

「皆さん、高い緊張感を持つと同時に、コミュニケーションも欠かさずに業務を行ってください」

咲来が語気強く言い切った。

だが頭を占領していたのはやはりあのことだった。

――水野さん、いったいどうしたっていうの……。

12:48

クラスごとのブリーフィングへ分散してゆく客室乗務員たちを見送った咲来は、体の奥深くから不気味なものが立ち上がるのを自覚していた。

とにかく、水野清香がショウアップして客室部にも入室したというのに姿がないという、信じがたいことが今、起きている。それも《QUEEN》に関する情報がアップされたという折も折にだ。また、今回のフライトにはスカイマーシャル（航空保安官）が〈さくら212便〉に乗り込んで来る。普通なら警察官がいると聞いて安心するところだ。だが咲来の思いは違った。

なぜか不気味な思いで心にざわめきが起きているのだ。

咲来はもう一度、客室部の隅々まで歩き回って水野清香を捜した。会議室を含む客室部の隅々まで調べ、客室部を出て近くのトイレにも足を向けた。しかしそれらはすべて徒労に終わった。

――いったいどういうことなの……。

ブリーフィング用のテーブルに戻った咲来は呆然としてその場に立ち尽くした。ペーペーのフライトアテンダントの頃より、こんな事態はもちろん初めてのことだったし、他のグループからも聞いたことはない――。

体の奥で立ち上がったさっきの不気味さが、不安という気分へと向かわせるのをはっきりと感じることとなった。

小さな溜息をついた咲来は、不安な気持ちを頭から振り払うように客室乗務員たちの手荷物が並ぶエリアへと急いだ。

12:51

入国審査官たちが利用するいつものルートで保安検査場を回避した兼清は、アーミージャンパーを脱いで片手に持ち、一般の旅客とともに出国審査を待つ長い列の最後部に並んだ。

自分の順番が来て出国スタンプが押されたパスポートが戻された時、ふと入国審査官の女性へ顔を向けた。これまで何度となく顔を合わせている女性入国審査官に、兼清は「ありがとう」と初めて囁き声を投げかけた。彼女からは「お疲れ様でした」という囁き声が小さなウインクとともに返ってきた。

兼清は彼女の瞳を見つめながら大きな頷きで応じた。だが、これもまた自分には似合わない行動だったとすぐに後悔した。

足を速めた兼清が１１７番搭乗口の搭乗待合室に足を踏み入れた時、旅客の姿はまだなかった。

兼清は、がらんとした搭乗待合室の搭乗口から一番離れた椅子を選んで腰を落ち着けると、腕時計へ目をやった。出発まで一時間以上ある。だが、兼清はそれが長い時間だとは思わなかった。搭乗までにやることはたんまりあるからだ。

スマートフォンを手にして椅子から立ち上がり窓際に立った兼清は、ボディにブルーのラインが入った外国の旅客機の着陸を見つめながら、約束の時間にそこへ電話をかけた。

しばらく会話をした後、校長と相談してくると言って五分以上も経ってからやっと相手が通話に戻ってきた。

「やはりどうか考え直して頂けませんか？　今、校長とも話をしたんですが、ご翻意をして頂くように言って欲しいと——」

戸惑った声が聞こえた。検討するので待ってくれ、とした上で、中村という娘の担任教師はさっきからと同じ言葉を繰り返した。

だが、校長や担任教師は、自分たちの責任問題に発展することを怖れているだけだと兼清は見透かした。

「どうかこちらにお越しくださいませんか？　校長もお待ちしております。ゆっくりとお話し合いを——」

中村は慌てていた。

「いや、娘を転校させることはもう決めたことです」

兼清は強い口調で言い放った。

「三カ月前の件が原因でしたら、我々も猛省し、二度とあのようなことは——」

「すでに決めたことです」

兼清がそう言い切って通話を切ろうとした。

「ちょっと待ってください！」

担任教師が声を上げた。

「仕事がありますので失礼します」

この担任教師と直接話すのはこれで最後だろう。

電話を終えた兼清は、これで第一歩が始まった、と思った。

四日後、ニューヨークから帰国したら、〝現場〟での仕事を離れることで時間が生まれ、小学校六年生の娘としっかりと向き合って寄り添う、その第一歩を進めたのだと兼清は確信した。

兼清は、背負っていたビジネスリュックからタブレット端末を取り出した。二時間前に見た《ＱＵＥＥＮ》に関する情報が新しくブリテンされていないかを確認するためだ。

だが内容は同じだった。氏名のほか、性別や国籍は依然として不明で、搭乗する旅客機についての欄も空白のままである。

兼清にとって《ＱＵＥＥＮ》の警報を受けて任務に就くのはこれで七度目である。しかし実際に遭遇したことは一度もなかった。だが、これまでと同じく、この警報を受けて任務に就く時には、正直言って痺(しび)れる緊張感が自分の体の中に確かにある。だから、今回でそれも最後かと思うと残念でもあった。

頭を切り換えた兼清は、次に、〈さくら２１２便〉の乗務員の顔写真付きの一覧表をタブレット端末の画面に映し出した。

旅客機の運航を行うコックピットの機長以下二名――交替用の操縦士と副操縦士――のデータを読み込んだ兼清は、客室乗務員の一覧に目を向けた。

チーフパーサーは立花咲来。年齢は四十歳。大きな瞳や筋の通った高い鼻、そしてモデルのような美しさから、外国人のような雰囲気を与えている。だが、この眼力の強さからは、自分の仕事は完璧だと自信に溢れていることが窺えた。

兼清は立花咲来の顔貌を頭の中に刻み込んだ。

もし機内で航空保安に関わる不測事態が発生したなら、本来は、チーフパーサーを始めとする客室乗務員とスカイマーシャルは、別々に行動することが業務規則として決まっている。客室乗務員たちも、スカイマーシャルとはコミュニケーションをとるな、とさえ指導されていることを兼清は知っていた。

しかし、兼清はその〝原則〟はまったく意味のないことだと確信していた。客室ではマンパワーに劣るスカイマーシャルにとって、客室乗務員と行うコミュニケーションとの連携こそ重要である。しかも旅客たちの統制も客室乗務員の力がなければできないのだ。

法律上、機内の警察権も含めたすべての事柄に対する権限は機長にある。だが、現実的には機長は旅客機の運航に全力を傾注しなければならないし、法律の改正で、トイレ以外はコックピットから出てはならないことが厳しく決まっている。チーフパーサーも余裕があれば機長に伺いを立てるが、緊急時にはチーフパーサーの即断が求められる。よって不測事態が起これば、自分はこのチーフパーサーを協力させることになるのだ。

兼清は次に、さくら航空から与えられているＩＤコードとパスワードを入力し、客室本部のサイトにログインした。

兼清が選んだのは、〈ＰＡＸ（パックス）〉と書かれたリンクだ。それを指でタップした先で現れたのは、〈さくら212便〉に搭乗するすべての旅客に関する詳細な個人情報だった。

すべての個人情報をコピーした兼清は、画面をホーム画面に戻し、そこにショートカットされて並ぶアプリから〝統合（Integrate Support）〟の頭文字からとった「ＩＳ（アイエス）」というプログラムを選んで立ち上げた。そしてコピーしている〈ＰＡＸ〉の全データをそっくりそのままそのプログラムに移動させた。

わずか数秒後だった。そのプログラムと〈ＰＡＸ〉とが一体化された。

〈さくら212便〉の機首から機尾までの機体と全座席の図面が兼清の目の前で表示されたのとともに、全旅客の氏名などの個人データが完全に統合された。つまり、座席番号の上に指を置くと、旅客の氏名、年齢、性別、国籍、登録住所、職業、生年月日、会員資格や搭乗履歴などがポップアップで見ることができるようになったのである。

座席図面の中で真っ先に兼清の目に入ったのは、赤字で《Ｕ》の表示が添えられている座席とそこに座る旅客の個人データだった。

《U》とは、乗務員たちだけが使う《う〜う〜う〜》の隠語の略称である。機内で騒いだり他の客に迷惑をかけたりという〝前歴〟がある旅客に対して、日本の航空会社の多くの乗務員はそう名付けている。兼清はかつてこの隠語の謂われについて、さくら航空の関係者から聞いたことがあった。うるさい！　うるさい！　うるさい！　という乗務員たちが旅客たちの前で決して口に出して言えない強い怒りの言葉から自然と生まれたものだと。

《U》の表示がある旅客が一人いた。

〈《13列A》SAITO HIROSHI　57歳。男性〉——サイトウ・ヒロシ。

ビジネスクラスの中程の左手、窓際の座席の男である。兼清はこの男のデータを頭に刻んだ。

〈PAX〉には、会社名と肩書きや、特別会員のランク「四タイトル」のいずれかが記されているだけではない。過去の搭乗時にリクエストしたシャンパンやワインなどのドリンク名や軽食の注文履歴、さらに塩分を少なめなどのスペシャルミール（特別に希望する食事）の注文も記録されている。

だがそれらは、兼清にとってまったく興味があるものではなかった。

——旅客は、二百二名、客室乗務員十五名、機長など三名。総勢二百二十名——。

兼清は自分が守るべき者の数字を頭に叩き込んだ。

13:19　さくら212便　キャビン（客室）

スタンバイの横山香里が姿を見せたのは、咲来が機内に入って、「L1ドア」（最前部左側）近くの客室乗務員専用の収納に、クルータグとバゲージタグが付いたスーツケース、オーバーナイトバッグ、そしてチーフパーサーしか着用しないお食事サービス中に羽織るミールジャケットが入ったクローズバッグをひとまとめにして入れ終わった直後のことだった。

「今、到着しました！」

横山香里がプリフライトチェックを始める寸前に息を切らして機内に飛び込んできた。

「よく間に合ってくれたわ！」

プリフライトチェックを始めようとしていた咲来はその手を止め、上着のネームプレートへチラッと視線をやってから満面の笑みを浮かべて横山香里の肩を抱いた。

だが咲来のその笑顔はすぐに消えることとなった。

横山香里の全身を素早く見つめた咲来の脳裡を不安が過ぎった。

彼女とは今日初めて一緒に業務に就く。いつものグループによるフライトならば一人一人の力量を知っているので全体的にスムーズに業務を指揮できる。

しかし、こういったスケジュールの関係で突然入ってくる子の力量は分からない。ゆえに外見だけが判断基準とならざるを得なかった。

横山香里はモデルと見紛うような美しさはある。それに、アロケーションチャート作成用の客室乗務員リストには語学も《英語A》レベルとの記載もあった。

だが、咲来がすぐに注目したのは、彼女が持っているショルダーバッグだった。

ショルダーバッグには、仕事上、必要な物を結構入れなければならない。ただそれでもちゃんとチャックを閉めるのが当然である。しかし横山香里のバッグはそれがなされていない。また、バッグの所々が歪に膨らんでいることから無理矢理に突っ込んだ風であることも分かった。さらに髪の毛にしても、一応、シニョンにまとめてはいるが、仕事前であるのにもう乱れがあった。

——ファーストクラスやビジネスクラス担当の代替えじゃなくて良かったわ……でも、替わりのエコノミークラスで無事に業務をこなしてくれればいいけど……。

それが咲来の率直な気持ちだった。

「さあ、すぐにキャプテンブリーフィングよ。それに続いてプリフライトチェック。横山さん、よろしくね」

「任せてください！」

横山香里は明るい声で言い放った。

その姿を見て不安が余計に高まるのをはっきりと感じた咲来は、ついさきほど目を通した最新の「アクシデント・リスト」の内容が脳裡に蘇った。客室本部客室業務部が作成したもので、先月に発生した様々なアクシデントやトラブルが記録された秘密扱いの資料である。その中で咲来が真っ先に思い出したのは、〈旅客負傷〉の項目に該当する事案だった。

〈搭乗中Ｌ４ＦＡが旅客の手荷物を収納するためＯＨＳ（34ＡＢＣ）を開けたところ、ソフトブリーフケース（34Ｃ旅客）が35Ｃ旅客の頭部に落下した。首を痛めた様子であったため、すぐにお詫びをしてヒヤロンで冷やして頂いた。旅客は驚いた様子であったが、大丈夫とのことだった。クレームはなし〉

　問題は、Ｌ４にアサインしていたＦＡ（客室乗務員）にあったことは明らかだった。落下したバッグが収納された状況をきちんと確認していなかったからだ。またもともと荷物が落下しづらい構造であることを過信し、開ける際に落下予測をしなかったのである。

　また負傷者は出ていないが、かねてよりの「盗撮」の項目に当て嵌まる事案も、大きなトラブルに発展する可能性があった。

〈ＦＡがサービス中、35Ｆ旅客（30代男性）が機内誌を通路に落とした直後、ＦＡのスカートに何か触れた感じがしたため振り返ると、カメラを膝のコートの中に隠そうとしているのが見えた〉

　この事案の反省点は、すぐにカメラを預かるという証拠保持に努めなかったことである。

盗撮以外でも危険物で他の旅客を傷つけることが発生したならば証拠の保持をしなければならないと、咲来は機会がある度に若い客室乗務員に注意喚起していた。

アクシデント・リストのことを考え出すと益々、不安が大きくなってゆくことで咲来はそのリストのことを頭から消し去った。

だが、これから発生する事案が、これまでのアクシデント・リストに書かれたことを遥かに上回る壮絶なものであることは、咲来はその時、想像もできなかった。

13：44　搭乗口前　搭乗待合室

搭乗口の自動搭乗ゲート近くの席に移動した兼清は、集まってきた旅客たちを何気ない動作で観察し始めた。

半分ほどの男女が国内外のビジネスマンだと兼清は判断した。スマートフォンやタブレット端末を操作したり、窓際に立って電話をする人々など、いずれも微かな緊張感が漂っているからだ。

残りは日本人の観光ツアー客、家族連れ、カップルの旅行客であることがすぐに分かった。どの顔も緩みっぱなしでお喋(しゃべ)りに花を咲かせている。荷物をすべて椅子の上に広げ、友達らしい女性たちと忘れ物を探して大きな声で話をしている中年女性もいた。

家族連れも何組かを確認した。

微笑ましく思ったのは、母親が五、六歳の娘をしっかりと抱き締めて、満面の笑みで歌を唄って聞かせている、そんな屈託ない親子の姿だった。

兼清は旅客たちを見渡しながら、それぞれにそれぞれの人生がある、といつにない思いに包まれた。愛情、喜び、感謝、悲哀、そして憎しみ――。

これまでの航空機警乗任務ではついぞこんな感傷的な思いに浸ったことはない。

兼清は、もう許してやるよ、と自分に言った。現場の仕事の最後を迎えて、オレの中で何かセレモニーをしたくて仕方がないのだ。

それなら、ともう一つ、センチメンタルな気分を味わうことを許した。

――この旅客たちは今後、どこかで巡り合うことがあるのだろうか。運命の巡り合わせが……。

〈さくら航空よりご搭乗の最終案内をいたします。さくら航空、ニューヨーク行き、十四時発、212便ご利用の皆さまは、117番搭乗口よりご搭乗ください〉

その搭乗案内のアナウンスを耳にして現実を取り戻した兼清は、何気なしに辺りを見渡した。

いつの間にかほとんどの旅客が搭乗口のリーダー機を通り過ぎている様子だった。

だが兼清は最後の一人ではなかった。

搭乗待合室の片隅で、中年の夫婦が座っている。今のアナウンスに気がつかないのか、動く気配がなかった。

さすがに見かねた兼清は夫婦に近づいた。

その時、兼清の耳に二人の会話が聞こえた。

「サクラコ、すべてはあの子のために、そうだったね」

男が静かに言った。

「ええ、あの子の無念のために――」

女が弱々しい声で続いた。

一瞬、声をかけるのを兼清は躊躇した。それは、悲劇的な話の内容だけが理由ではなかった。二人の姿に違和感を持ったからだ。明らかに手荷物や服装は旅行の雰囲気であるが、二人とも楽しそうな表情はまるでなく、それどころか思い詰めたような表情をしている。さらに感じたのは、全身から殺気だったとしか表現のしようのない異様なオーラを発している、その雰囲気だった。

兼清は腕時計を見た。もはや時間は迫っている。

「ニューヨーク行きの〈さくら212便〉に乗られるんじゃないんですか?」

兼清は思い余ってその言葉を投げかけた。

夫婦はハッとした表情で慌てて立ち上がった。

兼清に礼を言った夫婦は急いで自動搭乗ゲートへ向かって行った。
やはり兼清は、最後の一人となってしまった。

第2章　検索

13:50　さくら航空　212便

自動搭乗ゲートを抜けた兼清は、遅れた夫婦に続いて搭乗橋を機内へと進んだ。

さっきまでは小雨だったのに、窓を叩き付けるまでに強くなったことを目にした。

視線の先で、小学校低学年くらいの女の子が父親と母親に手を引かれて歌を唄いながら旅客機へと歩いていく。

兼清は胸が締め付けられる思いとなった。この家族の姿が、飛行機旅行をよくしていた自分たち家族の光景と映画のように二重写しとなったからだ。屈託ない若葉の笑顔と、それを受け止める志織の柔らかい微笑み――。これと同じ強い雨が搭乗橋の窓に打ち付けていた時もあった。

17列以降の旅客を案内する通路に足を向けた兼清は、機体のほぼ中央部にある「L3ドア」から入って機内へと足を踏み出した。

自分の席を見つけようとする旅客たちでごった返すキャビン（客室）。そのずっと先まで見通す兼清は、任務でこの光景を見るのも今日で最後か、とまたしても感傷的な思いとなった。

　この最後の任務を、これまでの通り何事もなく終えたならば、帰国するのは日本時間で四日後となる。そしてその日、羽田空港に着陸し旅客機内から最後に搭乗橋へ足を踏み出す、その瞬間、〝現場〟での延べ八年間に及んだ任務が完全に終わりとなるのだ。

　その時、自分はどんな思いに浸るだろうか、決断したことを後悔するのだろうか、兼清の脳裡(のうり)に様々な想(おも)いが浮かび上がった。自分の仕事のやり方である〝常に備えよ〟はそこで消え去る。デスクワークにそんな言葉は必要ないからだ。

　だが、兼清はすぐに頭を振って苦笑した。今日は、やたらと感傷的な気分に襲われている。まっ、それも構わないか、と兼清は思い直した。どうにしたってこれが最後なのだから。

　そして娘、若葉との新しい生活を始めるのだ。

　兼清は、さっきの親子へもう一度、視線をやった。

　かつての自分の家族の姿と、この親子の姿とが二重写しとなった。

　二年前に妻の志織が病で亡くなるまで、飛行機を使ってよく三人で旅行に行ったものだった。

　あの頃(ころ)の若葉は、パパが好きだといつも言ってくれた。妻もまだ若く、あれが妻も自分も幸せな時間だった。

しかし、変化していったのは兼清だった。国際的な会議や行事の開催、またＶＩＰの来日が連続したことで毎日が戦場さながらで、人事的にも「クウテロ」の空港警備隊と機動隊とでの勤務が目まぐるしく続いた。そのうち寝食はほとんど機動隊の施設でとなり、「クウテロ」でもその頃、隊本部があった品川の第6機動隊で寝泊まりすることとなった。ある日など、任務で乗った小隊バスが自宅マンションの前を通過した時には、情けなくも思わず涙ぐんだ。たまに帰宅できた時も、緊急招集がかかって二時間後に家を出なくてはならなくなった時、「一年後までさようなら」と娘が玄関でそんな言葉を投げかけてきた。

娘が小学四年生の冬の深夜、妻は病気で息を引き取った。

その翌日から二人だけの生活が始まった。だが、兼清の仕事は相変わらず忙しく、仕方なく妻の母に来てもらった。

若葉は半年間、涙を見せない日はなかった。夜中、寝ている時に急に、「ママ、ママ」と言って泣き出すことが何度もあった。兼清といえば、ただその背中を優しく摩ってやることしかできなかった。

それでも半年を過ぎると、学校の友達と笑顔で遊ぶことが徐々に多くなった。夕飯もたまに作ってくれるようになって、笑顔も戻っていった。

小さなことで少し怒ると、仏壇にある志織の遺影の前に行き、「パパに叱られた」とべそをかくのもかわいい姿に映った。

しかし、兼清はさらに仕事に没頭し、自宅から足が遠のいた。

それでも若葉は、メールに何度も、早く帰って来てね、とメッセージをくれた。その度に、兼清は、明日だよ、と返信したが、結局、嘘をつくことになった。

その結果、小学五年になったらメールは二度と来なくなった。若葉とのコミュニケーションは途絶えてしまった。

何とかしなくてはならない――。頭では分かっていた。でも行動に表すことはできなかった。

そして、三カ月前、小学六年の二学期が始まった頃のことだった。

特務班でデスク作業をしていた時、一本の電話があった。亡くなった妻の母からだった。若葉の担任の教師がすぐに電話が欲しい、と言っていると悲しげな声で言った。

すぐに電話をかけると、担任の教師は突き放すような口調で言った。

「娘さんは犯罪者です」

近くのショッピングセンターで服を万引きし、店の警備員に見つかったという。店主は、まだ小学生であることから警察に通報することを避けてくれたが、学校には通報したのだった。

担任教師は、授業もさぼってばかりだし、ヤクザと付き合っているとか、人格否定の発言までして若葉を全否定し、最低の生徒だ、と吐き捨てるように締め括った。

若葉は翌日から学校に行かなくなった。しかしそれでも仕事が忙しく毎日寄り添ってやることができずにいた。

若葉が不登校となってから二週間後、別の万引き事件での警察の調べで、若葉の万引きは〝冤罪〟であることが分かった。店から学校へなされた報告では万引き犯の児童の名前までは伝えられていなかった。その一方で、複数の同級生が担任教師に若葉の犯行を目撃したという嘘をついていたことが、別の同級生の警察への供述で分かったのだ。

兼清には学校への怒りはなかった。それより責めたのは自分だった。

その夜から、若葉は異様なことをし始めた。通学で使っていたカバンやスニーカーを黒いマジックで塗りたくったのだ。翌日には、気に入っていた服まで真っ黒にした。ちょうど非番だった兼清は思い余って声をかけた。若葉は「これで学校に行けなくなった」とぽつんと言った。兼清はかける言葉を無くした。若葉の気持ちが痛いほど分かったからだ。若葉の心は、教師への不信感が余りにも強く登校しようという気持ちにどうしてもなれない。でも、本当は友達と会いたい。その苦しみから逃れるために、学校に行くために必要なものをすべて台無しにしてしまえば、どうせ行けないのだからと心の踏ん切りがつく――そう思っているのだろうと想像した兼清は胸が締めつけられた。

兼清は決めた。若葉を一生、絶対に守ってやると。そのためには近くにいてやらないといけない。だから決断した。そして自分こそが若葉と向き合おうと思った。しかし若葉はそれを拒絶した。そして自分の部屋に入る直前、その言葉を投げつけた。

「パパは、ママの最期にいなかった。私の横にもいなかった――」

しかしそれでも兼清は、娘の将来を見通して決断したのだった。

今日限りで〝現場〟での仕事を辞めて、娘に時間をかけて向き合うことを――。

通路を進み出した兼清は、ファーストクラスのエリアで、客室乗務員の一人と目が合った。彼女だけが着ている白いジャケットと、名札の上に付けられた〈ＣＨＩＥＦ　ＰＵＲＳＥＲ〉と書かれた金色のリボン型バッジ、さらにさっき頭に入れた乗務員たちの顔写真から、チーフパーサーの立花咲来だと理解した。

立花咲来は、兼清からすぐに目を逸らした。そして、日本家屋風にデザインされたドア付き個室タイプの座席に座るファーストクラスの旅客たち一人一人に、ウエルカムドリンクのシャンパンを手渡しながら挨拶を繰り返していた。

自分の席へ向かっていた兼清の足が何度か止まった。荷物を収納棚に苦労して載せている旅客が多く、機内はまだ落ち着かない雰囲気である。

機首に向かって左側通路の先、エコノミークラスの最前列座席付近で、お年寄りの女性がバッグを収納棚に入れようとしているがなかなか上手くいかない様子が兼清の目に入った。

その時、三十歳前後の、ロングで輝くほどの金髪の外国人女性が立ち上がり、にこやかな表情でお年寄りを手伝い始めた。美人な顔立ちがその笑顔で兼清にはさらに美しく感じられた。お年寄りが何度も頭を下げて礼を言う姿に、優しく微笑む外国人女性は、「ウエルカム（どういたしまして）」という穏やかな言葉を投げかけた。

さらにその後ろの方では、ショートヘアーで、いかにも陸上アスリート風の二十代後半に見えるラテン系の顔立ちをした外国人女性が、自ら買って出て、周囲の旅客たちの手荷物を収納棚に入れるのを手伝っている。

兼清が、機体最後部エリアの、左側通路に面した《42列C》の座席にようやく腰を落とせたのは搭乗口を抜けて機内に入ってから五分も経った時だった。

隣席である窓際の《42列A》にはすでに若い女性が座っていた。

兼清はふとその女性が気になった。

頭からブランケットを被ったまま窓を見つめて身動きしないのだ。横顔だけは少し見えた。日本人風である。大きく見開いた目はほとんど瞬きをしていない。肩が微かに揺れているように思えた。

兼清は、ほんの好奇心でこの女性について調べてみた。

スマートフォンで〈ＰＡＸ〉のデータを立ち上げた。

《42列Ａ》SONODA YUUKA　22歳。女性(F)〉——ソノダ・ユウカ。

住所は神奈川県横浜市。連絡先として０９０から始まる携帯電話番号。職業は空欄。特別会員ではなく、搭乗履歴もない——。〈ＰＡＸ〉に記載があるのはそれだけだった。

彼女は、機内預けの旅客の荷物を運ぶトーイングカーが走り回るエプロンを窓からじっと見つめ、兼清には横顔の一部だけを見せていた。客室乗務員からもらったのであろうグレーのブランケットが静かに上半身を包んでいる。

その時、兼清は気がついた。彼女の瞳(ひとみ)から一筋の涙が頰(ほお)を伝っていったことに。細い指で涙を拭(ぬぐ)った女性のもう一つの手は、膝(ひざ)の上で握り締められている。何かを握っているようだった。

さらに観察しようとしたその時、機内アナウンスが流れ出した。

13：59

「みなさま、当機は、ただいま駐機場(ちゅうきじょう)を出発いたしました」

ジャンプシート（客室乗務員専用座席）の真ん中に掛かっていたハンドセットを客室アナウンスモードにしていた咲来は柔らかな口調で案内をつづけた。

「この便の機長は牧本（まきもと）、私はチーフパーサーの立花でございます」

ジャンプシートに座る咲来は、アナウンスをつづけながら「Ｌ１（エルワン）ドア」の窓へ視線をやった。

エプロンの灰色のコンクリートがゆっくりと後ろに流れていく。いつの間にか雨が上がって窓から差し込む陽光が咲来の膝の上を流れていった。

咲来は、いつもの通り、席を立つ旅客がいないかどうか、機首に向かって左側にある通路の最後部まで見通した。

離陸滑走に入ることを告げる連続するピンポン音がキャビンに響いた。

咲来はハンドセットの送話口を再び口に当てた。

「当機は間もなく離陸いたします。シートベルトをもう一度ご確認ください」

咲来がそう言ってハンドセットをジャンプシートの真ん中にあるフックに戻したと同時に離陸滑走が始まった。

滑走する速度が一段とアップした、その時だった。

咲来の目に飛び込んだのは信じられない光景だった。

咲来が座るＬ１ドアのジャンプシートから左側通路の最後部を見通す、その途中にある、プレミアムエコノミーとエコノミーの間のギャレーから、大量のドリンクとドライアイスを詰め込んだ一台のリカーカートがキャビンに飛び出したのだ。リカーカートは機体後方へと勢いよく滑り出し、エコノミークラス最後部の《42列C》の肘掛け（ひじかけ）に接触した。その反動でリカーカートのドロワー（引き出し）の中から一本のシャンパンボトルが転がり出て、座席に座っていた男性客の靴にぶつかった。機体のスピードが徐々に上がってゆく中、リカーカートはその先の壁に激しい音を立てて激突し、そのまま横倒しとなった。

「おケガはありませんか！」

エコノミークラスのギャレーを担当する、「Ｌ４ドア」前のジャンプシートに座るエコノミーパーサーの末永早苗が男性に大きな声をかけた。

その声を聞いて咲来は思わず右手の窓へ目をやった。機体は時速三百キロを超えて離陸寸前である。到底動ける状態ではなかった。

「大丈夫です！」

男性は明るい声で応じた。

咲来は急いでハンドセットを手にした。末永早苗の元にあるハンドセットの番号を呼び出した。

「お客様のご様子は？」

咲来は真っ先にそのことを確認した。

「おケガはないようです」

末永早苗が即答した。

「ベルトオフになったらすぐに確認して報告してください」

咲来が指示した。

体がふわっと浮く感じとなった。

咲来は腕時計へ目をやった。

テイクオフ（離陸）は、ほぼ定刻通り。

しかし、安堵する余裕は咲来にはなかった。

それどころか、ゾッとした思いで鳥肌が立っていた。

今の事故は、「L4ドア」のポジションで、そこにあるギャレーの担当である横山香里の明らかなミスだ。旅客が搭乗する直前に行うプリフライトチェックで、リカーカートのストッパー（固定装置）のロック形態を考えたチェックを恐らく怠ったのだ。咲来が危惧していたことが起こった。チェックを怠る、というのは、つまり性格にどこか杜撰な部分があるからだ。

これはただの〝単純ミス〟では済まされなかった。全社的な月次報告に載るほどの重大な基本業務違反である。

過去の他社の事故報告でも、STW（カート収納器）から飛び出したリカーカートが旅客に激突して足の骨を折るという重大なケガをさせた事例がある。

しかしそれは国内線での事故だった。国際線では、リカーカートにはもっとたくさんの飲料物やドライアイスがたっぷりと入っている。横倒しになったら一人では到底起こせなくなるほどだ。

今回のように離陸滑走中か上昇中に、ＳＴＷからリカーカートが飛び出せば、七十キロ以上もの〝鉄の凶器〟がお客様を襲うこともありうる。骨折するどころか下手をすればケガだけでは済まなくなるだろう。

咲来は、不安な気持ちがより一層、高まっていくのを感じていた。

14:06

機体が上昇してゆくのを感じながら乗務員用座席に座る咲来は、さっきまで感じていた不安が弱まるどころか、さらに増していた。

末永早苗と深沢由香利との一触即発の雰囲気、いつものメンバーではない不安な客室乗務員、テイクオフ中のリカーカートの飛び出し——。しかも、ミッションディレクターの平井からは水野清香についての連絡はまだなく、さらに《ＱＵＥＥＮ》の警報、そしてどこかにいるはずのスカイマーシャルの存在——。

——今日はいつもと違う……。

咲来の脳裡にその言葉が浮かんだ。

毎回の業務で予想もしない様々なことが起きる。〝いつもと違うこと〟は常に起きる。しかしこのフライトだけは心の中に、はっきりとした理由のない、ざわめきが起きているのを咲来は自覚していた。

咲来は何気なく、右側のL1ドアの窓へ目をやった。

機体がさらに高度を上げてゆき、重苦しい雲を突き抜けるのを咲来は見届けた。

突然、視界が開け、キャンバス一面にアクリル絵の具で描いたパステル画風に似た透明感のあるまっ青な空が窓一杯に広がった。

しかし咲来の頭の中は視界にある空のように晴れ渡ってはいなかった。

14:16

軽やかなピンポン音とともにシートベルト着用サインの電光表示がオフになったことを確認した咲来は、エコノミークラスにいる横山香里の元へ向かおうとした。もちろんさっきのリカーカートの事故のことだ。客室乗務員に問題が発生したら余り時間を空けずに注意し、次のミスを犯させないための解決方法を語らせる――それが咲来のモットーであるからだ。だが、その前に、咲来にはやらなければならないことがあった。

「お客様――」

咲来の声で兼清が顔を上げた。

「さきほどは、ご迷惑をおかけしまして大変申し訳ございません」

頭を下げて咲来が謝った時だった。兼清の顔を見つめて驚いた風の表情を一瞬、浮かべた。だが、すぐに神妙な表情に戻った。

「おケガは本当にございませんか？」

「お気遣いなく。靴にちょっと当たっただけですから」

兼清は穏やかな口調で応じた。

「何かございましたらいつでもお声をおかけください」

咲来が微笑みながらそう言った時だった。

コックピットからの呼び出しを意味するピンポン音が鳴った。

自分のポジションであるL1ドア近くに戻った咲来は、ジャンプシートの中央にあるハンドセットへ目をやった。幾つかのボタンのうち、チーフパーサー用のボタンが点滅している——。

「立花です」

咲来がハンドセットに言った。

「今、本社の『OCC（オーシーシー）』（オペレーションコントロールセンター）から緊急メッセージが入った」

緊急という言葉と、キャプテン（機長）の牧本のいつにない緊張した声が咲来は気になった。

「キャプテンブリーフィングの時、チーフは、このフライトで乗務するはずだった水野清香さんがショウアップしているのに姿を見せない、そう言ってましたね？」

「はい、そうです」

そう答えながら咲来は嫌な予感がした。だが、牧本の口から出た言葉は咲来の想像を遥かに超えていた。

「その水野さんが、今朝、都内のホテルで殺害された――」

咲来はすぐには反応できなかった。

牧本は構わずつづけた。

「警察から会社に連絡が入ったと『OCC』は言ってる」

咲来はハンドセットを手にしたまま何も言えなかった。

「何者かに首を絞められたらしい」

牧本が付け加えた。

咲来は咄嗟にハンドセットの送話口を両手で被いながら囁き声で訊いた。

「水野さんが亡くなった、そういうことですか？」

「残念ながら……そういうことです……」

牧本の言葉は歯切れが悪かった。

「まさか……」

咲来の声が消え入った。

「でも、どうして……」

混乱する頭のまま咲来が訊いた。

「詳しいことはまだ入って来ていない」

咲来はハッとしてそのことに気づいた。

じゃあ、出社確認の登録をしたり、客室部に入って来たのは、あれはいったい誰？

「ただ『ＯＣＣ』は気になることを伝えてきた」

牧本はひと呼吸置いてからつづけた。

「水野さんの所持品から、ＩＤカード、身分証明書と制服が無くなっていると――」

牧本のその言葉に、突然、咲来の脳裡にミッションディレクターの平井の言葉が蘇った。

〈水野さん、オペセン入口のキャット（登録機）で、出社確認のチェックを自身のＩＤカードを使ってきちんと済ませてるんだ〉

〈客室部のドアのカードリーダの記録にも彼女のＩＤカードが使用された履歴がある〉

咲来は息を呑んだ。

――もしかして、水野さんを殺した犯人がショウアップ登録し、彼女の制服に着替えて、客室部まで入って来た？　それっていったい……。

「それだけじゃない」

咲来の混乱をよそに牧本がつづけた。

「何者かが水野さんのＩＤカードを使って客室部のいずれかの端末を操作し、サーバーにある当機の〈ＰＡＸ〉にアクセスしていることが確認された」

「それって、この便の旅客のことを調べた、そういうことですか？」

咲来が急いで訊いた。

「私もそれが気になる」

「つまり、〈ＰＡＸ〉にアクセスした者が殺人犯ということですか？」

咲来が訊いた。

「いや、そこまでは『ＯＣＣ』は言っていなかった」

牧本の言葉に小さく息を吐いた咲来は、目を閉じて自分を必死に落ち着かせようとした。

本当は矢継ぎ早の質問を牧本に浴びせかけたかった。だが、旅客たちを前にしてそれはできなかった。

「立花チーフ、聞いてますか？」

牧本が尋ねた。

「あっ、はい」

いつものクールさで対応することに神経を注いだ余り、咲来はその言葉でしか反応できなかった。

「特異なことや不審者に関することはないですか？」

牧本が確認してきた。

「待ってください。今すぐキャビンウォッチをして報告します」

いつものクールさを取り戻せ、と自分に言い聞かせながら咲来は最後部へと通路を進み始めた。

動揺を必死に堪えた咲来は、その間も笑顔を絶やさなかった。自分への視線を感じると、柔らかなアイコンタクトも送った。

まず向かったのは《う〜う〜う〜》の旅客だ。今回のフライトで唯一乗っている《う〜う〜う〜》で、氏名はサイトウ・ヒロシ。咲来はゆっくりと通路を歩きながらそれとなく観察した。目を閉じていて眠っている風だった。リスクはない、と咲来は判断した。

エコノミークラスの最後の座席まで行って、Uターンするように、L1ドアに戻ってきた咲来は、急いでジャンプシートのハンドセットを再び握った。

「報告すべきことは何もありません」

「少しでも特異なことがあったらすぐに報告をするように。いいですね？」

牧本が言った。

「分かりました」

すぐにそう応えてから、咲来はそのことを訊かずにはおれなかった。

「今朝の《ＱＵＥＥＮ》の警報と関係があるんでしょうか？」

「私もそれを訊いた。だが『ＯＣＣ』も明確な回答は持っていなかった」

「フライトは予定通りと？」

客室乗務員たちがチラチラと自分に視線を送り始めていることに気づいたが、それだけは確認したかった。

「それについても『ＯＣＣ』と協議しました」

牧本が一時の間を置いてからつづけた。

「機内で航空保安に関わる事態が発生したわけではない。ゆえに、リターンを検討する材料はない――それが『ＯＣＣ』の結論です」

「分かりました。事件のことはメンバーにも周知します」

「本件に関することは今後、グループチャットで行います。チーフ、その準備を――」

牧本が言った。

「了解しました。ところで、スカイマーシャルの方々にもお知らせした方がよろしいですね？」

「誰か分かっているんですか？」

牧本が訊いた。

「恐らく――」

通話を終えた咲来はハンドセットを手にしたまま、しばらく呆然（ぼうぜん）としていた。

とにかく、自分の身近にいる者が殺されたということ自体に頭が混乱していた。

――なぜ、水野さんは殺されたのか……。

咲来の脳裡に水野清香の笑顔が蘇った。

どちらかというと派手な雰囲気の子が多い客室乗務員たちの中で、彼女は珍しくも地味な雰囲気の子である。それに、しっかりとした人生設計を持っている。

咲来は、一カ月ほど前、羽田空港の出発フロアーで偶然出会った時のことを脳裡に蘇らせた。

「立花チーフ、御無沙汰（ごぶさた）してます」

声をかけたのは水野清香の方からだった。

フライトを終えて、デブリーフィング（到着後ブリーフィング）へ向かっていた咲来は、若い客室乗務員たちを先に行かせてから清香に近づいた。

「ほんと、久しぶりね。今回はまた『呼び出し』（他グループからの支援要請）で？」

　咲来が訊いた。

「多いんですよ、最近」

　清香が明るく言った。

「人気者なのよ、あなた――」

　笑顔で返した清香は急に囁き声となった。

「実は、まだメンバーの誰にも言ってないんですが、再来月に退社するんです」

「もしかして、おめでとうってこと？」

　咲来は清香の顔を覗き込んだ。

「お相手は――。あっ、それはプライベートなことね」

　そう言って咲来は苦笑した。

「いえ、聞いてください。ニューヨークに住む日本人音楽家です。バイオリンを弾いています」

　水野清香の顔に浮かんでいたのは満面の笑みだった。

　咲来は、嬉しそうに語ったあの笑顔を忘れられなかった。

　彼女は幸せの絶頂だったのに……。

咲来の中で、悲しみを超えて激しい怒りが込み上げた。

彼女を殺した奴（やつ）を絶対に許さない！

だが、咲来の脳裡に、再び、牧本の言葉が蘇った。

〈何者かが水野さんのＩＤカードを使って客室部のいずれかの端末を操作し、サーバーにある当機の《ＰＡＸ》にアクセスしていることが確認された――〉

アクセスしたのが殺人犯かどうかは分からない、と牧本は言っていたが、もし同一人物であるのなら――。

咲来は、頭の中に浮かんだことに自分でも思わず息を呑み込んだ。

――犯人の動機が〈ＰＡＸ〉を入手するためだったとすれば、その犯人はこの旅客の中にいるんじゃ……。もしそうならその目的はここにいる旅客の誰かを……。

それが、映画やドラマの見過ぎによる想像だとは自分でも分かっている。

だが、いわば〝究極の密室〟とも言うべき、この狭い空間における「保安業務」のすべての責任は、チーフパーサーの自分にある、という現実を咲来は覚悟しなければならなかった。

航空機内での警察権は唯一、機長にある。ただ、現実的には、二〇〇一年のアメリカ同時多発テロ以降、法律が改正され、機長はコックピットから原則出てこられなくなった。ドアの開閉のタイミングが極力制限されたからだ。

機長たちが食事を摂る時も、客室乗務員がコックピットの中にトレイを持って入っていけない。食事をするにもコックピットから機長たちは出てはならない。ただ唯一、トイレだけは外に出ることが許されている。

ゆえに、規定では機長にお伺いをたてる必要があるが、緊急時こそ、コックピットが乗っ取られるリスクを避けるため尚更、ドアを開けることができない。ゆえに機内で「航空保安を損なう可能性が高い危険人物」に対峙するのは自分なのだ。

ただ、今日は状況が少し違っていた。

咲来は、さっきのキャビンウォッチでそっと確認した、最後部の《42列C》に座る男の顔を脳裡に浮かべた。だから、リカーカートの事故のことで横山香里を叱ることはすでに頭から消え去っていた。

14:20

〈PAX〉情報をもう一度見つめていた兼清だったが、さっきから隣席の女性が気になって仕方がなかった。

頭まですっぽり被ったブランケットが小刻みに揺れているのだ。

声をかけてみようかと戸惑った。具合でも悪ければ大変だからだ。乗務員が管理するキットの中には医療行為を行えるものがある。救急救命士の資格を得ている兼清は、地上の医師の指導によって気管内挿管ができるのだ。

しかしその気持ちはすぐに消えた。ブランケットの揺れが収まったからだ。

「お客様、ご搭乗の際にご要望されておりました新聞を用意いたしました。遅くなりまして誠に申し訳ございません」

兼清が顔を向けると立花咲来がにこやかな表情で傍らに立っていた。

咲来は笑顔のままそう言うと、新聞を兼清に手渡して素早く離れて行った。

新聞を頼んでいない兼清はその意味を即座に悟った。

辺りをそれとなく見渡してから慎重に新聞を広げた兼清はすぐにそのメモを見つけた。

兼清は隣席のブランケットを被った女性からこちらへの視線がないことを確認してから、四つ折りの小さな紙片をそっと広げた。ボールペンで殴り書きしたような肉筆があった。

兼清は急に不安に思った。自分の正体がバレたのは、存在の〝消し方〟に問題があるのか――。だがその不安はメッセージの内容を読むと吹っ飛んだ。

〈チーフパーサーの立花です。至急お知らせしたいことがあります。エマージェンシーのグループチャットに入ってください〉

スマートフォンを取り出した兼清はホーム画面にあるアプリを注視した。緊急時での情報共有が必要となった場合に使用することになっている。さくら航空との取り決めだった。

しかし、兼清はこれまで一度も使ったことはなかった。間もなくして一通のグループチャットメッセージが咲来から届いた。

〈当社国際線、当便のメンバー、水野清香、今朝、都内のホテルで殺害される。同乗務員からIDカード、身分証明書、制服を強奪。その後、強奪した物を使用し、何者かが当社の羽田オペセン客室部に侵入。当便の《PAX》情報にアクセスしたことが確認された〉

兼清は、瞬きを止め、三回、読み返した。興奮も驚きもなかった。ただ正直に言えば、兼清はこの緊張感に心地よく痺れていた。

咲来からのグループチャットの文面の中で兼清の目が釘付けとなったのは、〝殺害〟の文字ではなかった。

〝殺害〟は機内で起こったことじゃない。数千メートル下の地上での問題だ。自分の任務とは関係がない。兼清にとって重要なのは、立花咲来が伝えた後半部分だった。

兼清は、咲来とグループチャットのやりとりをつづけた。

〈兼清：殺害犯と、《PAX》へのアクセス者とは同一人物か？〉

〈咲来：不明〉

〈兼清：《PAX》でどの旅客のデータを見た？〉

〈咲来：不明〉

〈兼清：水野清香の殺害犯、もしくは《PAX》を見た者がこの機の旅客にいる可能性

は？〉
〈咲来：不明〉
　矢継ぎ早の質問を行った兼清は、咲来からの無機質な回答に気分を害することはなかった。それどころか簡潔な返信をしてくれたことに大いに満足していた。
〈兼清：殺害方法は？〉
〈咲来：首を絞めて〉
〈兼清：旅客や機内で特異なことは？〉
〈咲来：なし〉
　しばらくの間を置いてから兼清はメッセージをつづけた。
〈兼清：当該犯人が旅客として紛れ、危険行為を行う可能性アリ。すべての乗務員と共有せよ〉
〈咲来：了解〉
〈兼清：当方、直ちに機内検索を開始。そちらもキャビンウォッチを頻繁に〉
〈咲来：了解〉
〈兼清：新情報が入ればタイムリーに共有を〉
〈咲来：了解〉
〈兼清：以上〉

メッセージのやりとりの直後、このグループチャットはコックピットもグループに入っている、と咲来が同じグループチャットで付け加えてきた。

グループチャットを終えた兼清は、この事件が自分の任務にどう関係するのかを考えてみた。

まず、水野清香を襲った殺人犯の目的は、ＩＤカード、身分証明書と制服を得ることだったと考えるのが合理的だ。

ではなぜ、それらを入手する必要があったのか。

犯人は、それらを使って、さくら航空の施設に潜入し、〈ＰＡＸ〉にアクセスしている。そしてこの便の旅客情報を得ようとした。つまり、ある特定の旅客の情報を知りたかった。

では、〝ある特定の旅客〟のいったい何を知りたかったのか。

旅客のスペシャルミールのメニューを知りたかったのか？　ノーだ。愛飲しているワインか日本酒の銘柄を見たかったか？　それも違う。考えられるのは一つしかない、と兼清は思った。

〝ある特定の旅客〟の座席番号、それを知りたかった――そう考えるのが合理性があるのではないか。

ではどうして〝ある特定の旅客〟の座席番号を知る必要があったのか――。

たとえばだ――。兼清は頭を切り換えた。犯人は、〝ある特定の旅客〟の氏名は知っていた。だが、顔は知らなかった。ゆえにそれを確認したかったのではないか。

もしそうであるなら犯人の目的とは――。

ここからは、刑事捜査としては許されない大胆な推察だ。

犯人は、人を一人殺してまで、ターゲットの座席番号を突き止めたかったのである。その先には壮絶な目的があるはずだ。

〝ある特定の旅客〟、つまりターゲットに機内で危害を加えるためではなかったか――。

兼清は自分の任務を決めた。もはや可能性の問題ではない。最悪のケースを想定し、その対処戦術を至急、作成しなければならないのだ。〝ある特定の旅客〟に危害を加えようと企んでいる者に対して、それを事前に防圧するか制圧する戦術だ。

ただ、兼清は、もう一つ解決しなければならないことがあるのを思い出した。

今朝、一斉警報された《ＱＵＥＥＮ》は、水野清香の事件と関係があるのかどうかということだ。

しかし、兼清はその思いをすぐに頭から切り離した。それを判断するには余りにも情報がない。だから、それを考えるのは余計なことだった。

兼清は、機内に入って来た時の映像を脳裡に浮かべながら思った。

機内にいる旅客と乗務員は二百二十人。旅客たちは、ニューヨークまでの十三時間余り、全員この空間から出ることはできない。

つまりここは密室である。それも〝究極の密室〟だ。

兼清は、エコノミークラスの右側の通路に面する座席に座っている、一人の男の顔を脳裡に浮かべた。今回の任務で、バディを組んでいる、特務班長の矢島警部、四十四歳。兼清の直属の上司だ。

だが、兼清にとっては、その男を思い出す時は決まって、苦々しい味が口に広がることになった。

兼清の脳裡に、クウテロ本部敷地内の、羽田空港A滑走路を見渡す駐車場で、矢島と向かい合った三カ月前の光景が蘇った。

「分かりましたよ、やっと――」

兼清が、矢島の背中を睨（にら）みながらつづけた。

「大勢の部下から強い反発を喰（く）らっていることを知っていながら、ルールを大きく変えようとされている。それがなぜなのかとずっと不思議でした」

矢島は背中を向けたまま反応しなかった。

「四カ月前、矢島班長が、SAT（サット）（特殊部隊）から特務班（ウチ）に着任された理由は、〝特務班の立て直し〟のためってことだったんですね」

兼清は顔を歪（ゆが）めながらつづけた。

「他の奴らのことは知りません。ですが少なくとも自分には自分のやり方があります。自分はそれをずっと信じてやってきました。自分なりにすべてが一体化していること、それが重要なんです」

矢島は振り向いたが黙ったままだった。

「さしずめ筆頭理事官、山村さんの企みってところですか――」

兼清が吐き捨てるように言った。

「慧眼だな。その通り、山村理事官の人事だ」

矢島がつづけた。

「以下は山村さんが自分に言った言葉だ。『特務班の任務である旅客機への航空機警乗は、そのほとんどがいわば〝待機〟。だから昇任試験勉強をふんだんにできる』――」

矢島は兼清の反応を窺うような表情を浮かべた。だが兼清は特段の反応をしなかった。

「つづける。『よって昇任する者が多く、人事ローテーションがやたら早い。その結果、スカイマーシャルとしての高いレベルに達する前に転出してしまう。だからいつまで経っても全体のレベルが上がらない』。以上だ」

兼清は一度、着陸しようとする旅客機へ視線を投げてから、溜息をついた後で矢島を振り返った。

「他の奴らは知りませんが、少なくとも今の山村理事官の言葉は自分には当て嵌まりません。機動隊からクウテロ空港警備隊と『警備実施』一本で来て、特務班に選ばれて、昇任で本部経験もありますが、延べ八年間やって来た。そして自分のやり方を作り上げてきたんです」

兼清が言い切った。とにかく、はっきり言えば、スカイマーシャルの経験がない部外者にあれこれイジられたくなかった。

「機動隊にいたお前が、このクウテロを志願し、最初は、空港警備を地上で行う警備隊で苦労した後、その優秀さゆえ特務班に抜擢されてからというもの、実力を発揮していることは認める。だが、自身で今が最高だと思うか？ 思っていないはずだ。だから、さらに高いレベルを求めよう」

矢島は勢い込んで言った。

「高いレベル？」

兼清は鼻で笑った。

「卒直に言います——」

旅客機が滑走路から離陸するエンジン音で言葉が遮られた。

兼清は声を張り上げた。

「チームで対処するSATと違って、自分は、この腕一本と頭で生死の境をくぐり抜けてきたんです。これからもずっとそうします。なぜなら、スカイマーシャルの戦術には、

〝援助〟という文字がない。高度一万メートルの〝現場〟で、どこからも、どの部隊からも、〝援助〟は絶望的にも受けられないからです」

拳銃の戦術射撃技術のみならず、ＣＱＣ（近接室内戦闘）やＣＱＭ（室内射撃）においても特務班ではナンバーワンであるし、ＳＡＴの誰よりも勝っているとの強い自信があった。

「さらに正直、申し上げます」

兼清が言った。

矢島班長は頷きだけで先を促した。

「一度、ＳＡＴのＣＱＣの訓練案を見させてもらった時に感じたことです。なぜ間合いをとらない？　どうしてそんなに近接するんだ？　あれでは危険だ、と感じました。刃物を持ったテロリストとの近接格闘となったら、あんたたち死ぬぞ、と」

矢島班長は黙って聞き入っていた。

「自分は、狭隘な区画で運用できるＣＱＭと近接格闘を獲得してきました。それは最小限のモーションで即座に相手をテイクダウンさせ、ゼロコンマ数秒間でウエポンやナイフをディスアームするための戦術です。この際、ハッキリ言いますが、このスキルは、全国のＳＡＴや刑事部の特殊係など相手にもなりませんし、クウテロや機動隊内でも誰にも負けません」

矢島は黙って訊いていた。

「〝間合い〞の重要性を考えないと、刃物で刺されるリスクが格段に上がる。つまり生命維持に直結する、つまりバイタルライン（生命維持に直結する）の動脈を斬られてしまう危険性が常にある。そうなると出血管理はもはや極めて困難。銃を持っている手を切られたらもう銃を使えなくなるし、それどころか殺される。だがそういうことを教えないで、自分たちの力量も考えず中途半端に、プロのインストラクターの最高レベルに合わせて近接格闘の研修を受けさせているのはおかしい――」

兼清は思いの丈を言い放った。

「それについてはオレも同じ問題意識を持っている」

矢島班長はつづけた。

「たとえば、急に近間に入られて、ハンドガンを持つ手を掴まれた時、どうするか。また、ＭＰ―５（機関拳銃）などの〝長物〞（銃身が長い銃器）を握られた時、どうするか――。それに被害者が精神的に錯乱状態に陥って、警察官に襲いかかってくる可能性も今後、考えなければならない――」

兼清は納得した風に大きく頷いた。

「お前が、ＣＱＣやＣＱＭ、また近接格闘において最高レベルだということは認める。しかし――」

言葉を一旦、切ってから矢島が兼清の瞳を見つめた。

「一人で突き詰め過ぎるな。チーム全体で強くなることを考えるべきだ」

矢島が咎めた。

「チーム全体？　笑わせないでください」

兼清は吐き捨てた。

「班長ご自身も分かってるんでしょ。日本のスカイマーシャルはまだ甘いと。人事が原因で技能がなかなか上がらない、そんな低いレベルに合わせろって本気で言うんですか？」

矢島班長は何も言わなかった。

「自分なりにやってゆきます」

兼清は言い切った。

「いつまで一匹狼を気取る気だ？」

矢島が訊いた。

「お褒めの言葉をありがとうございます」

兼清はそう言い放って矢島に背を向け、その場を後にした。

それからというもの、矢島との関係はギクシャクとしたままで、今日という自分にとって最後の日を迎えてしまった。

ただその間、矢島とのことを兼清はそれほど気にすることはなかった。

しかし、残念に思うことはあった。

矢島との会話の中で言い放った〝これからもずっとそうする〟という思いが達せられなくなったことである。昇任試験に受かって警部になったのならば、特務班の指揮官として戻ってくるという強い意志があるだろう。だがその思いは今や――。

現実を取り戻した兼清は、今は、矢島との関係をウンヌンしている場合ではないことを理解していた。

兼清は、立花咲来から伝えられた内容を報告した上で、さくら航空から特別に割り当てられている機内Ｗｉ－Ｆｉでログインするように促したメッセージを矢島のスマートフォンに送った。

返信はすぐに届いた。

〈その情報をシェアした。私たちは連携をとる〉

兼清は、ショートメールで送信された矢島の言葉に納得した。関係が悪いままであるとしても、矢島の素早い反応からプロフェッショナルな思いが伝わって来たからだ。

矢島からさらに着信があった。

〈今から、レッド（矢島）が、ファーストクラスとビジネスクラスの機内検索を開始。十分後、グリーン（兼清）がプレミアムエコノミーとエコノミークラスで行え〉

「お飲み物をご用意しました。如何（いかが）でしょうか？」

その声で兼清が顔を上げると、客室乗務員が笑顔でメニューを差し出している。兼清はその顔を〈ＰＡＸ〉で出発前に確認していた。

——末永早苗。エコノミークラス担当のパーサー——。

兼清が温かいお茶を頼むと、早苗が身を乗り出して隣席のソノダ・ユウカを覗き込んだ。

彼女は相変わらずブランケットを頭まで被って顔を見せようとしない。

末永早苗は、ソノダ・ユウカの前のシートに、〈お目覚めになりましたら——〉という文章から始まるシールを貼（は）って離れて行った。

腕時計で十分の時間が過ぎたことを確認した兼清は、目立たない動きで立ち上がると、ゆっくりとした足取りで機首に向かって行った。自然を装って辺りを見渡しながらそのまま機首に向かって進み、Ｌ１ドアの前で右に折れて、隣の右通路側を最後部へと歩いて行った。

視線をキョロキョロさせてはいけない。厳しい表情も御法度である。あくまでも自然のままで歩く。速くても遅くてもダメだ。できれば少し猫背の姿勢がいい。目立たないこと——それだけが最も重要だ。

身分を徹底的に隠すのには理由がある。もし機内でコトを起こそうとしている犯罪者がスカイマーシャルの存在に気づくと、真っ先にそれを排除することを考えるはずだ。もしスカイマーシャルが排除されれば、その犯罪者によって機内が瞬く間に征服されてしまう危険性があるのだ。

自分の座席に戻った兼清は、機内検索で特異なことが何もなかったかどうか、あらためて記憶を辿った。

辺りを気にしたり、視線を彷徨わせたり、落ち着かない様子の旅客は視線内に入らなかった。

ファーストクラスのエリアへ戻った咲来は、旅客たちの様子を見守りながらも、ついさきほどアイコンタクトした兼清という男の顔を脳裡に蘇らせた。

咲来は、その時、自分の鼓動を聞いた。十カ月前に見かけたその顔は記憶に深く刻み込まれていたからだ。

その時、咲来は、翌日の福岡発北京行きの国際線で業務するため、デッドヘッドで羽田発福岡行き国内便の最後部の一般座席に乗っていた。

国内線独特の慌ただしいドリンクサービスに次いでキハン（機内販売）が始まった、ちょうどその頃だった。事件が起こったのは——。

咲来は、通路を挟んで隣に座る、大学生風の男の異様な雰囲気に、座席についた頃より気づいていた。

シートベルトを外している男は前のめりの姿勢で、左手をジャンパーのポケットに入れている。カッと大きく見開いた目はコックピットの方へ向けられていた。その姿はまさに〝身構えている〟――そんな風に咲来には思えた。

立ち上がった咲来は、前方からやってくる若い客室乗務員、清田愛子（きよたあいこ）に目配せし、「L（エル）5（ファイブ）」（最後部左側）ドア近くのギャレーの中に先に入った。

咲来のことをデッドヘッドと知っている清田愛子はすぐに追いついてきてギャレーのカーテンを引いた。

「45、デルタ（45列D）、《QUEEN》の可能性があるわ」

咲来が小声で言った。

「どんな様子です？」

清田愛子は緊張した面持ちで尋ねた。

「上着のポケットに何かを隠し持っている。視線をずっとコックピット方向へ向けている。厳重注意して」

咲来は神妙な表情でそう言って送り出した。

事件が起きたのはその約十分後だった。

キャビンの中程で悲鳴が上がった。

急いでそこへ目をやった咲来の目に飛び込んだのは、清田愛子を羽交い締めにし、その首にプラスチック製のナイフ様のものを押し当てて訳の分からないことを喚いている若い男の姿だった。よく聞けば、失恋して人生に絶望し、この旅客機とともに自殺する、という趣旨の言葉を喚き散らしている。

「コックピットを開けろ！　この女を殺すぞ！」

清田愛子を連れたまま機首方向へ移動する男が叫んだ。

キャビンで幾つもの悲鳴が上がり騒然とした。

だが対応すべき客室乗務員は誰もいない。

――チーフパーサーは何をしているの！

咲来は席から立ち上がり、急いでそこへ駆けつけた。

「どうかあなたの悩みを聞かせてください」

咲来が穏やかな口調で声をかけた。

「うるさい！」

男がそう叫んだ時だった。

その動きは突然だった。男の背後から、黒色のポロシャツ姿の一人の男が信じがたいほどの猛烈な勢いでぶつかった。男の体は一瞬で突き飛ばされて咲来の目の前につんのめった。

咲来が、ナイフ様の物を持った男の手を蹴ったのは反射的な行動だった。ナイフ様の物は「L3」ドアの方向へ飛んでいった。

男は何かを喚き散らしながらすぐに立ち上がった。転がっているナイフ様の物へ飛びつこうとした。

だが、〝ポロシャツの男〟が一瞬にして男に足払いをかけて床の上に再び転倒させたと同時に男の右腕をあっという間に締め上げた。男は悲鳴を上げた。〝ポロシャツの男〟は透明な紐状のものを両手の手首に巻き付けて一瞬のうちに後ろ手に拘束した。

咲来は言葉が出なかった。〝ポロシャツの男〟の動きが余りにも機敏で素早く、そして粗暴だったからだ。

〝ポロシャツの男〟は自分の腕時計を見つめながら小さな声で何かを呟いている。

「あなたは――」

咲来が声をかけた。

しかし〝ポロシャツの男〟は咲来には目もくれず――それどころか乱暴に体ごとぶつかって押し退け、拘束した男を客室乗務員用の座席に強引に座らせた。さらに〝ポロシャツの男〟は、チーフパーサーを呼ぶと「R1ドア」（最前部右側）の方に連れて行って小声で何事かを話し始めた。

咲来は呆然としてその場に立ち尽くし、〝ポロシャツの男〟の横顔を見つめた。

咲来にはショッキングだった。

それは事件が目の前で起きたことが原因ではなかった。

〝ポロシャツの男〟の身体能力に長けた姿と粗暴さに強烈な〝オスの臭い〟を感じたことに、思ってもみなかった強い衝撃を受けたからだ。

〝ポロシャツの男〟は、咲来がこれまで出会ったことのないタイプの存在だった。それまでの咲来の私生活はそれなりに遊び慣れていて、有名なスポーツ選手やイケメン俳優、また会社のトップと付き合ったりと、はっきり言って世間で言うところのハイクラスな男たちが常に近くにいた。

ニューヨークで、アメリカの政財界の大物と懇意にして、セレブ相手の会員制個人病院の裕福な日本人院長は、今でも自分に惜しみなく様々なものを与えてくれている。その対価は、ニューヨーク便のフライトでの短いスタンバイ中、五つ星の「ザ・カーライルホテル」の一室で朝から夜まで全身を愛撫されることくらいだ。

だから、そんな自分が〝オスの臭い〟と〝粗暴〟という部分に惹かれているという事実に咲来はショックを受けたのだ。だがその一方で、自分の中のメスの部分が〝ポロシャツの男〟に激しく潤っている事実もしっかりと受け止めることになったのである。

到着した福岡空港のボーディングブリッジからサテライトへ向かう途中、咲来は何度も機内へ引き返そうかと思った。旅客がすべていなくなった後、機内へ雪崩れ込んできた大勢の警察官の一人と話し込んでいたあの〝ポロシャツの男〟の名前を訊こうかどうか迷った。

　しかしそれは、Ｌ１ドアの前に二人の警察官が立ち塞がったことで諦めざるを得なくなった。

　だが、それでも咲来は、福岡空港にあるさくら航空の事務所に足を運び、誰かに言って搭乗者リストを閲覧させてもらおうとも考えた。だが、さすがにそれは怪しい行動であり、変な噂が立つのも嫌なのでその考えを止めた。だが、後になってミッションディレクターの平井に調べてもらうと、彼の身分はスカイマーシャルの可能性がある、と教えてくれた。

　その時の〝ポロシャツの男〟が、つい先ほど自分の目の前にいたのだ。そのことに気づいたのは、リカーカートから飛び出したシャンパンボトルが彼に当たったのを謝りに行った時だった。

　彼がエマージェンシーのグループチャットに入ってこられたことで、〝ポロシャツの男〟はスカイマーシャルであることを咲来は今、初めて確認した。

　もう一度、さっきとは逆回りでキャビンウォッチを再開した咲来は、流れる視線の中で兼清の姿をそっと確認した。

　その時だった。咲来の耳にもその大声ははっきりと聞こえた。

　咲来は急いで視線を向けた。ビジネスクラスの真ん中ほどで、立ち上がっている一人の旅客が客室乗務員に向かって声を荒らげている。

咲来はタブレット端末で〈ＰＡＸ〉を急いで確認してからそこへ駆け寄った。

「どうかなさいましたか？」

咲来は、醜い形相をして何かを捲し立てている旅客に穏やかに語りかけた。

「さっきからこいつに何度も言ってるんだ！」

五十がらみの日本人の男が、傍らに立つビジネスクラスパーサーの堀内綾乃の顔を指さした。

「これを収納棚に入れるのがなぜいけないんだ！」

男は小さなバッグを掲げてみせた。

咲来は堀内綾乃と一瞬の目配せをした。男は、〈ＰＡＸ〉に《う〜う〜う〜》であると警告がなされていたサイトウ・ヒロシだと無言のまま確認しあった。

堀内綾乃が咲来に小声で説明した。

「お手荷物の中に、壊れ物のワインボトルを入れていらっしゃるとお聞きしましたので、お座席の中にある収納に入れてくださるようご案内したのですが、どうしても『ＯＨＳ』（座席上の収納棚）に入れたいとおっしゃっておられまして――」

「オレの責任でそうするんだ！　どこに入れるかは客の勝手だ！　ふざけるな！」

男は喚き散らし、その怒りは収まる気配はなかった。

数多くの《う〜う〜う〜》と対峙してきた咲来も、目の前の男の姿に、正直言って病的なものさえ感じた。

「ちゃんとルールを守れ！」

後ろの席に座る旅客が厳しい口調で注意した。

「なんだと？」

目を吊り上げた男が後ろを振り向いた。

「目を突いてやろうか？」

男はポケットから取り出した鍵の先を、注意した旅客に向け、威嚇した。

「お客様、お静かに願います」

咲来はあくまでも冷静な口調で立ち塞がった。

「オレは何度も国際線を利用している資産家だ！　さくら航空にとって特別な客だぞ！　ふんだんな金と政財界の人脈を使って株主総会で騒いでやる！」

男は興奮するだけで、堀内綾乃が何を語りかけても話を聞く態度は見せなかった。しかし咲来は男のその言葉を受け流した。男はいずれの特別会員でもないことを〈ＰＡＸ〉ですでに確認していた。

咲来は、ここからは、ただ取りなすだけの行動からレベルアップすることを決めた。

「お客様、このままですと航空法に基づき、『警告書Ⅱ』を提示せざるを得ません。そうなれば羽田空港か代替空港へ引き返すことになります」

もちろんハッタリではなかった。咲来自身、これまでこういった旅客のために、リターンや、ダイバート（代替空港への着陸）が行われた経験があった。

「なにぃ？」

男が咲来を睨み付けた。

「いいだろ！　引き返せ！」

「実際、そうさせて頂くことになります」

咲来は躊躇わずに真顔で言い放った。

その騒ぎは兼清の座席からも確認できた。兼清と同じ左側通路に面した、ビジネスクラスの座席での出来事だったからだ。いつもならクラスごとの境界がカーテンで仕切られているが、《QUEEN》の警報の発出を受けて、クウテロからさくら航空に、しばらくの期間、カーテンを閉めないよう要請がなされていた。

スマートフォンで〈PAX〉を眺めた兼清は、騒いでいる男が〈サイトウ・ヒロシ〉というビジネスクラスの旅客で、過去に『警告書I』のイエローカードを受けた前歴のある《う～う～う～》に指定された男であることを確認した。

兼清の目に、数人の旅客が好奇心丸出しで立ち上がったり、席を離れてそこへ近づく姿が入った。

ところが兼清は、立ち上がっている旅客の中に、矢島班長の姿をみとめた。

──バカ、雑魚に反応するんじゃねえ！

兼清は、矢島の背中に向かって頭の中で罵った。

暴言を吐くあの手の男はしょせん口だけの野郎で何の行動もできない。だから反応すべきではないのだ。

ところが、あろうことか矢島は席を離れ、サイトウ・ヒロシへと近づいて行った。そして兼清の席からは聴き取れなかったが、サイトウ・ヒロシに向かって何かを語りかけている姿が見えた。

──座れ！　身分を晒してしまう！

兼清は口に出さず激しく毒づいた。

サイトウ・ヒロシは、怒鳴り声とともに矢島を突き飛ばした後、鼻から大きく息を吐き出し、憮然とした表情でようやく自分の個室シートの中に姿を消した。

矢島は、さらにその個室の上から言葉を投げかけた後、立花咲来と話し始めた。

兼清は、溜息をつくどころではなく、それよりも緊張した。

もし、旅客の誰かを狙っている水野清香殺しの犯人が、この光景を見ていれば──いやほとんどの旅客が見つめていただろうから、必ず矢島の存在に注目したはずだ。コトを起こそうとして身構えて、過敏になっている犯人ならば、矢島がスカイマーシャルである可能性を、今、考えているはずなのだ。

兼清は、自分の席に戻りつつある旅客たちの姿をじっと見つめていた。

軽やかなピンポン音が響いたことで振り向くと、L1ドア横に掛けられているハンドセットの「L1」と表示されているボタンが点滅しているのを目にした。

咲来はハンドセットをホルダーから外して耳に当てた。

「大きな声と物音が聞こえましたが、まさか《QUEEN》が危険行為を？」

機長の牧本が緊迫した口調で訊いてきた。

「13A（アルファ）のお客様が、ワインボトルの『OHS』収納のことで大声で騒ぎ、他の旅客への威嚇行為がありました。しかしすぐに収まりました」

「その人、〈PAX〉で私も見ました。過去、イエローカードを喰らった《う〜う〜う〜》ですね？」

「おっしゃる通りです」

咲来が答えた。

「確認します。その事態は収まったんですね？　他に何もないのですね？」

牧本が念を押した。

「はい。大丈夫です。その他、報告すべきこともありません。《う～う～う～》の件は、ニューヨークに到着次第、会社に報告します」

咲来はきびきびとした口調で応えた。


兼清は矢島が〝雑魚〟ごときに反応を示して身を晒してしまったことの深刻さを考えつづけていた。他の旅客も同じ反応を示したが、矢島の動きとまったく違うのだ。さらにその思考を巡らせようとした時、ふと気配を感じて顔を振り向けた。「R5ドア」(最後部右側)の近くにある、最後部右側のトイレの方から飛び出して来た末永早苗が、右側の通路を機首方向に早足で向かっていくのが目に入った。

その姿に、兼清は妙に思ったことがあった。まず彼女は上着を脱いでいたこと。そしてシニョンでまとめた髪が激しく乱れていたことだ。

その後、末永早苗が立花咲来を伴って最後部へ戻って来た。

それにも兼清は違和感を持った。二人はいずれも顔を強ばらせ、全身が緊張している――。

二人の姿をそれとなく目で追った兼清は、最後部右側のトイレの方へ消えたのを確認した。

それから二分ほどしてのことだった。

兼清のスマートフォンに、立花咲来からのグループチャットによるメッセージが届いた。

〈クルーバンク。男性一名。血を流して倒れ意識がない——〉

呼吸を整えてから慎重に立ち上がった兼清は、自分に視線を向けている者がいないかをまず確認し、二人が消えた先にある、「R5」ドアの横、最後部右側のトイレへ足を向けた。トイレが目的の場所ではない。ドアの右側に直角で隣接する小さなドアの前に立った。

だがドアと言っても、旅客たちはそれがドアだと認識さえしないはずである。ドアにある数センチほどの引き手はまったく目立たず、小さなボタンとつまみのロックは空調システムのダイヤルかと思うだろう。

当然、このシステムを知っている兼清は、ドア右側に設置されている、縦列に並ぶ1から5までの数字が書かれた小さな黒いボタンを暗証番号の順序通りに打ち込み、次にそのボタンの下にある、旧式のガスコンロの丸いつまみのような黒いそれを、右へ四十五度押し回してロックを外した。

ドア左手にある手のひらサイズの正方形の引き手を右にそっとスライドさせた。目の前に現れたのは、幅が四十センチほどしかない、狭くて窮屈な螺旋式の階段だった。

階段に足を踏み入れた兼清は後ろ手で素早くドアを引いて閉めると、ゆっくりと昇って行った。

兼清が辿り着いた空間は、乗務員たちが「クルーバンク」と呼ぶ客室乗務員専用の仮眠室だった。欧米などへは十時間を超える飛行時間となる国際線ならではの施設である。

クルーバンクに足を踏み入れた兼清の目に飛び込んだのは、立花咲来と末永早苗が見下ろしている、俯せに倒れている男の姿だった。

男の頭には、末永早苗が脱いで被せたのであろう、客室乗務員の上着があった。

その上着を取った兼清は、後頭部から夥しい血が流れ、床に大きく広がっている光景を目にした。

一見して転倒するなどした事故ではないことが兼清には分かった。

出血量がそれを物語っている。

男の頭の傍らにしゃがみ込んだ兼清は、男の首に手を当てて頸動脈に触れた。脈は取れなかった。指を鼻に当てたが呼吸もなかった。だが体はまだ温かい。

兼清の脳裡に心臓マッサージなどの蘇生術を試みるかどうか、そのことが一瞬、浮かんだ。機内には出血管理や蘇生術のためのメディカルキットが備え付けられている。だがこの大量出血の有様では医療の出番はもはやない、と兼清は判断した。

「この方は……」

立花咲来が強ばった表情で口ごもった。

「航空機警乗任務の、自分の上司の矢島だ」

兼清が押し殺した声で言った。

「あなたとこの方は、つまり、スカイマーシャルでいらっしゃる？」

末永早苗の声が裏返った。

兼清は上着の内ポケットから取り出した警察章を掲げた。

「兼清だ」

「こちらの矢島さん、まさか亡くなっていると？」

末永早苗が震えた声で訊いた。

黙って頷いた兼清は、血だらけの矢島の頭髪を両手で掻き分け、両手が血だらけになりながらも出血部位を探した。

兼清が見つけたものは、かつて事態対処医療研修を受けた時にスライドで見させられた典型的な銃弾の射入口だった。

兼清は、突然、ハッとして矢島の腰をまさぐった。

――銃がない！

後に行われるだろう鑑識活動に影響を与えるかもしれないと分かりながらも兼清は急いで腰のまわりを探した。矢島もまた、二十発の弾倉入りのＳＩＧＰ２２６自動式拳銃を所持しているはずなのだ。

ホルスターは腰の後ろの〝定位置〟に残っている。だがそこから延びるストラップが途中で切断されていた。

さらにそのことに気づいた兼清は、矢島の肩から下がっているショルダーホルスターの中を調べた。

兼清は愕然とした。通常のものより二十発に増量している弾を入れた予備の戦闘用弾倉も奪われた。つまり、殺人犯は銃と予備弾倉まで奪って、今、隠し持っているのだ。

「これは、つまり、殺人事件ということなんですか？」

そう訊いたのは立花咲来だった。

だが、兼清はそれには応えず、矢島の頭に戻って射入口を観察した。

兼清は、この射撃は接射（銃口を身体に押しつけての発射）か近射（一メートル以内の発射）だ、と即断した。通常、発射時に銃口からは未燃焼火薬粒や火薬燃焼残渣（カス）が出るため、接射や近射は射入口を中心として、法医学で言うところの煤輪と呼ぶ輪状の煤の隈取りができる。この射入口の煤輪は余りにも顕著だった。

兼清はクルーバンクを見渡した。住宅なら六畳間ほどの広さで天井も低い狭い空間である。そこに三台の二段ベッドがコの字に重なって置かれている。ゆえに動き回るほどのスペースの余裕はなく、その狭い僅かな空間に矢島班長は倒れているのである。

兼清は、六人分のベッドの周りを探した。探したのはもちろん拳銃と弾倉だった。だが、ベッドにはシートベルトがあるだけでシーツも上布団もなく探し回るまでもなかった。

ただ、一台の二段ベッドの後ろから兼清はそれを見つけた。

血に染まった枕だった。黒い煤もこびりついている。兼清は臭いを嗅いだ。強い硝煙の臭いがした。何者かがこの枕を矢島の頭に押しつけて射撃したのだ。恐らく射撃音を抑えるために――。

矢島の姿を見下ろす兼清は、機内で上司が殺害されるという衝撃的な事態に動揺している暇はないことをすぐに悟った。矢島を殺した何者かが拳銃と弾倉を奪って旅客の一人に紛れ込んでいるのだ。そのことこそ兼清にとっては重大だった。

何かを言いたげな二人の客室乗務員を無視して兼清はもう一度辺りを検索した。

争ったような形跡はない。兼清はそれが信じられなかった。元ＳＡＴの隊員の矢島が反撃も争いもせずに殺られたことがどうしても納得できなかったからだ。

「状況説明を」

兼清は二人の客室乗務員の顔を初めて見比べた。

「最初に発見したのは私です」

青ざめた顔をした末永早苗は、一度、唾を飲み込む仕草をしてから口を開いた。

「エコノミークラスでのミールサービスの最中、ここへ繋がるドアが少し開いていることに気づきました」

「時間は？」

兼清が訊いた。

「五分ほど前のことです」

兼清は自分の腕時計へ目をやった。

――つまり、矢島が、サイトウ・ヒロシに向かって行って、その後、そこから離れた直後のことか……。

「つづけて」

兼清が促した。

「それで、誰かが侵入したのかと思い、警戒しながら階段を上がって行きました。ご存じの通り、クルーバンクは、ミールとキハンが終わった後、クルーたちが交替でレストを取る時に使うもので、この時間帯は誰も入るはずがないからです」

「で、発見した？」

そう言ってから兼清が末永早苗の顔を見据えた。

「はい、そうです。ただ最初は、ご病気かと思い、介抱して差し上げようかと思ったのですが――」

末永早苗は口ごもった。

兼清は、その言葉の先が想像できた。

「しかし、この余りのおぞましい姿に声をかけることを躊躇った——」

兼清の指摘に、末永早苗は小さく頷いた。

「事態は深刻だ」

兼清は二人へ厳しい視線を送った。

「彼が携行していた拳銃と予備弾倉が何者かに奪われた」

「えっ！」

立花咲来が声を上げた。

「犯人は四十発を発射できる——いや、一発はここで使われたと思われるので、残り三十九発だ」

兼清のその説明に、二人は驚愕の表情で顔を見合わせた。

「現状はコード《ＱＵＥＥＮ》だ。我々は、拳銃を所持した犯人に対処しなければならない」

兼清は押し殺した声で言った。

「我々が対処って……」

末永早苗が驚愕の表情で兼清を見つめた。

「心配するな。客室乗務員に対するハイジャック対処教育は一年に一回、しかもその中身ときたら、〝刺激するな、立ち向かうな〟と。しかもブラックキットの防刃ベストしかないあんたたちに直接行動は何も期待していない」

　吐き捨てるようにそう言った兼清は、二人の顔を見比べた。

「同じ会社で、同じ職種の者が殺された、という事態がショックであることは分かる。さらにここで今、起きたことにも動揺しているはずだ。しかし、今は、そういったことのすべてを頭から拭い去れ」

　兼清は二人が理解しているかを観察しながらつづけた。

「これまでの情報を総合すると、被疑者は、拳銃を所持したまま、この機内にいる〝ある特定の者〟を狙っている――その可能性があることに意識を集中させろ」

　兼清の言葉に反応したのは末永早苗だった。

「〝ある特定の者〟って、まさか、お客様だけでなく？」

「もちろん、あんたたちがターゲットに含まれている可能性は除外できない」

　兼清は平然とした表情でそう言い切った後、二人の客室乗務員を見つめた。

「今後、自分のことを、グループチャットでも会話でも、グリーン、それだけで呼べ」

　兼清が言った。

「さらに、緊急時に、通話によるコミュニケーションが必要となった場合、そのことを指す隠語として、通話によるコミュニケーション（Communication by Telephone）の頭文字を取って『ＣＢＴ』、その言葉を使え」

「分かりました」

立花咲来は神妙な表情で頷いた。

兼清は咲来の顔を見つめた。

「すぐに、キャプテンに事態を報告し、機内での警察権の行使をすべて自分に委譲してくれるよう伝えろ」

立花咲来は仮眠室の隅の壁に掛かるハンドセットを急いで取ると、判明していることのすべてを機長に伝えた。

「はい、分かりました。そのようにします」

簡潔で理路整然とした報告をした立花咲来の姿に、兼清は、満足そうに頷いた。

クルーバンクにあるハンドセットで通話を終えた立花咲来が兼清を振り向いた。

「キャプテンは、これから『OCC』とすぐに連絡を取り、今後の運航について協議します。警察権については兼清さんに委譲する、それがキャプテンの指示です」

兼清は小さく頷いてからその言葉を言い放った。

「いいか、あんたたちの役目は、地上からの新たな情報があればオレに直ちに伝え、機内で不審者や異質なことに気づけば、オレに速やかに報告することだ」

兼清は、機内のすべての者に対する戦術統制を完全に達成させたかった。

「さらに協力して欲しいことがある」

兼清がつづけた。

「客室乗務員に命じて、犯行が行われたと思われる時間帯、つまり今から十分前からこれまでの間で、クルーバンクに隣接したトイレに近づいた旅客をできるだけ思い出させて、それをリスト化し、急ぎ自分に寄越せ」

「分かりました。しかし、時間をしばらく下さい。今、ご存じの通り、ミールのサービス中ですので、客室乗務員たちにそれを指示すると混乱します。求めるものが求められなくなります」

立花咲来がそう言ったと同時に、自分に咎めるような視線を送ってきたことに兼清は気がついた。

「ちょっとよろしいですか？」

咲来が厳しい表情でつづけた。

「兼清さん、あなたへの警察権の委譲についての意味を、チーフパーサーの私としては十分理解しています。しかし、協力しろ、と言うのなら、それなりの言い方があるんじゃありませんか？」

兼清を凝視する咲来は毅然と言い放った。

兼清はしばらく無言のまま立花咲来を見つめた。賛同はしなかった。自分には自分のやり方があるからだ。ただ、反論することだけはしないことで、その意味を咲来に伝えた。

咲来もそれを感じたように表情を和らげたのが兼清には分かった。

――頭のいい女だ。

表情に出さずそう思った兼清は、同時に、あの出来事が脳裡に蘇った。

成田発ロサンゼルス行きのさくら航空に、兼清が、五歳年下で警視庁機動隊銃器対策部隊上がりの後輩とともにスカイマーシャルとして秘匿警乗した時のことだ。

自分の好き嫌いということではないが、四十一歳の雨宮紫苑というパーサーが、兼清が座るエコノミークラスの座席近くのドアにアサインされていた。

兼清は、旅客と客室乗務員との会話を観察するうちに、雨宮紫苑は経験を積んでいるからこそ、自分の考えとパフォーマンスに凝り固まっている女性だと見抜いた。

しかも新卒で入社した若いチーフパーサーの下についているのが不満だという微妙な雰囲気も、そのチーフパーサーとのやりとりの中で兼清は読み取ることとなった。

兼清は、さらに観察した。それは暇だったからではない。こういった客室乗務員がひとりいるだけでエマージェンシーのシーンでは大きな障害となるからだ。

雨宮紫苑は、恐らく経験は積んでいる。顔立ちも女優と見紛うように美人だ。

だが社内評価が低いため出世の段階で遅れているのだろう。だから、そういった客室乗務員は、会社も分かっていてエコノミー担当にさせている。ビジネスクラスやファーストクラスは担当させることはない。

しかも後輩に対してどこか威圧的で、旅客へのミールのサービスや機内販売が終わったところで、若い客室乗務員をギャレーの中へ呼んで、カーテンを勢い良く、シャーと音をたてて閉めて説教を始める。カーテンは薄くて、中の会話は、トイレに立つ時に聞き耳をたてればよく聞こえるのだ。

兼清からして、デキルという客室乗務員は、ギャレーのカーテンの奥にいても鼻高々とは決してならない。自分の思いを無理矢理に他人に押し付けることもなく、しかしそれでいて仕事ができる。問題なのは、デキルと勘違いしている人であって、そういう者が一番危ない。そういうことからすると、雨宮紫苑はその典型だった。自分で仕事がすごくデキていると思っている様子が兼清にはありありと分かったのだ。

そういった客室乗務員は、兼清のこれまでの経験では、ちょっとおかしな行動をする時がある。しかも、他の客室乗務員が、アレ？　という表情を浮かべるようなことをやって、カーテンの奥で、雨宮さん、ちょっと違うじゃないですか、とチーフパーサーに言われてもそれを受け入れようとはしない。

そんな一方で、ひと通りのサービスが終わってクルーミール（客室乗務員の食事）が始まる前、突然、他の客室乗務員を最後部のトイレの前まで連れていって、じっと唇を見て、

「その口紅シャネルの何番？」と聞いた場面も兼清は目撃したこともあった。

しかも雨宮紫苑が最悪だったのは、事前に客室乗務員のデータで見たところ、国際線のCAとして採用されたのではなく、国内線で採用し、たった一年前に国際線を任せられた客室乗務員だったことだ。

国内線と国際線の仕事は、そもそもサービスや飛行時間がまったく違う。国内線は旅客と接する時間が短く、兼清からすれば、言葉は悪いがハッキリ言えば〝ピストン輸送〟なので人間関係も希薄である。

対して、国際線は飛行時間が長いので人間関係が極めて重要となり、接遇の深みが半端ではない。しかも国際線は、憶(おぼ)えることがヤマのようにある。

だが、雨宮紫苑はそれができなかったので、エマージェンシーでの不安が兼清の中で高まっていった。

そして、その不安は見事にあたった。

二度目の食事の最中のことだった。前後の男性客どうしがケンカをはじめた。座席のリクライニングがどうのこうの、というたわいもないことだった。だが、慌てて駆け込んできた雨宮紫苑が、「ナイフ！」と大声で叫んで、片方の男が手にしていたプラスチック製のナイフを奪い取って、機首の方向へ走り出したのだ。

後で分かったことだが、食事の肉料理に用意された黒いソースが備え付けのナイフの先の部分にべっとりとかかり、それが本物のナイフだと雨宮紫苑は思い込んでしまったのだった。

兼清はその時、すでに雨宮紫苑の人事記録を脳裡に蘇らせていた。注目したのは、二年前、北海道の新千歳発羽田行きの国内線に就いた時のことが〈備考欄〉に記されている。食事と一緒に出されたプラスチック製のナイフで旅客の中年男性から脅されて羽交い締めにされたという経験があったのである。その時はケガなどせず、航空機が空港に到着後、その男は直ちに逮捕された。その時の心的トラウマが彼女の中にじっと潜んでいるのだ。

兼清は通路へ顔を出して雨宮紫苑の行動を追った。彼女はコックピットのドアの前まで走っていってそこでやっと止まり、肩で息をしながら、血走った目で辺りへ忙しく視線をやっていた。

静かに立ち上がった兼清は、別のシートに座る後輩が動き出そうとするのを目配せで押し留めてから、ゆっくりとした足取りで機首に向かってR側ドアが並ぶ通路を進み、パニックとなった雨宮紫苑の元へ向かった。

機首に近い右側の「R1ドア」からそっと覗いた兼清の目に入ったのは、チーフパーサーが穏やかな声で雨宮紫苑に話しかけている光景だった。

兼清は、ヤバイ、と思った。雨宮紫苑の目が激しく彷徨っているからだ。

もはや、彼女はまともな精神状態ではない。このままでは、「航空保安を損なう可能性が高い危険人物」――《QUEEN》のカテゴリーに含まれると兼清は即断した。

兼清はすぐに行動に出た。トイレを探して迷っている旅客を演じた。

「ここかな？　ああ、そこ、そこ。ちょっとおネエさんたち、じゃまだよ、通して」

辺りをキョロキョロしながら兼清は雨宮紫苑の脇を強引に通り過ぎようとした。

二人の肩がぶつかった。

「あんた、大丈夫？　スチュワーデスさんなら、しっかりしなよ」

兼清がやんわりとした口調で声を掛けた。

だが雨宮紫苑はプラスチック製のナイフを両手で握り締めたまま反応しない――。

兼清はさらに優しい口調で落ち着くように促した。結局、兼清は同じ行動を三度、繰り返した。だが雨宮紫苑は余計にパニック度を高めてゆく――。

決心した兼清は、チーフパーサーに目配せした後、彼女をギャレーの中に強引に連れ込んだ。そして、両手で彼女の顔を挟み、その二つの瞳を凝視して怒鳴った。旅客に聞こえても構わないと思った。

「しっかりしろ！　あんたは旅客の命を守る安全要員なんだぞ！」

兼清は同じ内容を言葉を変えて声を張り上げて彼女に伝えた。

しばらくして雨宮紫苑は、ハッとした表情となってやっと正気を取り戻した。しかもすぐに立ち上がり、兼清には一瞥もくれず、そそくさとギャレーを後にすると、今までのことが何もなかったように業務に戻っていった。

その時からだ。兼清の中で生まれたものは、客室乗務員への対応は常に厳しく向かい合う、という〝哲学〟だった。その思いは時間を経る度にますます大きくなり、ついには、ほんのささやかでも、客室乗務員に優しさを見せることさえ忌避するようになった。

自分でも、それがすべての客室乗務員に当て嵌まらないことはわかっている。しかし、だからこそ、様々な性格を持つ客室乗務員には最大公約数で対応すべきだという思いもまた確信として生まれたのだった。

ただ、今の兼清には、ささやかだが、戸惑いがあった。

この立花咲来というチーフパーサーは、これまで兼清が出会ってきた客室乗務員とはまったく違っていた。簡単に表現すれば、すごくデキル奴なのだ。


立花咲来が兼清に向かって身を乗り出した。

「こちらからお訊きしたいことがあります」

我に返った兼清は慌てて頷きだけで応じた。

「水野清香さんの事件と何らかの関係があるんでしょうか？」

「分からない」

兼清は正直に言った。

「では、今朝の《QUEEN》の警報との関係は？」

立花咲来が訊いた。

黙って左右に首を振ってから兼清は二人を見つめた。

「いいか、我々が共有すべき問題は、拳銃を奪った殺人犯が旅客の中にいて危険行為を行う可能性が高い、そのことだけだ。余計なことは考えるな」

「旅客の中の誰かが……」

立花咲来が口ごもった。

「その犯人を、今から《QUEEN》と指定する。今朝の《QUEEN》警報とは切り離せ。この〝新しい事態〟と私の存在をすべての乗務員と共有――」

「了解です」

立花咲来が素早く言った。

「ここは立ち入り禁止とし現場保存する。着陸後の鑑識活動のためだ」

兼清が告げた。

末永早苗が困惑の表情を浮かべていることに兼清は気がついた。

「もうこのバンクは使う必要は無くなる」

「無くなる？」

末永早苗が怪訝な表情で訊いた。

「機長のご判断だけど、恐らくもう休憩するタイミングはないわ」

そう言ったのは立花咲来だった。


二人の客室乗務員がいなくなって一人になった兼清は、この事態を冷静に見つめるんだ、と自分に言い聞かせた。

兼清はあらためて身動きしない矢島班長を見下ろした。

頭の中に幾つかの謎が浮かんでいた。

真っ先に思ったのは、なぜ矢島はここで死んでいるのか、という謎だ。

キャビンのどこかで矢島を殺してからここへ運び込んだという可能性を考えてはみた。だが、その可能性はすぐに排除した。身長が百八十センチ近い成人男性を担いで、あるいはロープで引き上げるにしては、クルーバンクへ昇る螺旋階段は余りにも急で、しかも幅が四十センチほどで狭すぎる。その可能性は頭から排除した。

残る可能性は一つしかない。矢島が自らの意志でここに来た、ということだ。

ただ問題は、なぜここに来る必要があったのか、ということである。

我々、スカイマーシャルは、機内でのあらゆる事態に対処するため、クルーバンクのドアの暗証番号を、さくら航空からあらかじめ知らされている。しかしそれはあくまでも非常事態での対応のためであって、平時においてはクルーバンクは機内検索の対象ではない。ほとんどの旅客はこの場所を知らないし、入る方法も分からないだろうからだ。

しかも、スカイマーシャルの任務として、このクルーバンクを使用する戦術は存在しない。また客室乗務員との情報共有の拠点として利用する事前の取り決めも、さくら航空と交わしてはいない。

ただ、こういうケースはある。旅客に危害を加えたり、「航空保安を損なう可能性が高い危険人物」、つまり《ＱＵＥＥＮ》がクルーバンクに立てこもった場合の戦術なら何度も訓練している。しかし、機内で何事も起こっていないのに、今、ここに矢島がいること自体が大きな謎なのだ。

そしてもうひとつの謎は、七カ月前までＳＡＴの隊員であった矢島が、目立った抵抗の跡も残さず、なぜこうも易々（やすやす）と殺されたのか、ということだ。

ただ兼清はある可能性を考えていた。

世界最高レベルの技能を持っているＳＡＴ隊員と言えども、それはＣＱＣやＣＱＭに限ったことである。プロフェッショナルな近接格闘の技能は持っていないのだ。

兼清はあらためてクルーバンク内を見渡した。

ここには壊れ物や調度品はなく、二段ベッドが三台あるだけである。そのベッドのあちこちを調べてみたが、目新しいキズや血痕はない。シートベルトしかないベッドにもそれらしきものは発見できなかった。つまり、犯人と矢島とが争ったり、また矢島が抵抗した形跡がまったく認められないのだ。にもかかわらず、矢島は銃を奪われて殺された――。

このような狭い空間に第三者と一緒に入るなら、矢島は誰に対しても警戒したはずである。銃を奪われる危険性を意識したはずだ。訓練においても、銃を奪われないこと、それが徹底して教え込まれるからである。

だから尚更、矢島は、この部屋に入って、腰の銃を無防備に晒すように犯人に背を向けたとは考えにくい。ならば犯人は正対したままで襲ったと考えられる。ならば、いくら矢島がプロフェッショナルな近接格闘を会得していないと言っても、真正面からの犯人に、そう易々とやられるとは兼清はどうしても考えられなかった。

しかし、そこから先のイメージを頭の中に描くことはできなかった。やはり情報がまだ余りにも少な過ぎるのだ。これが地上であるなら、鑑識活動によって様々な情報が得られるがそれはここにはない。

上着の内ポケットから小型の秘話機能付き衛星電話を取り出した兼清は任務規定に沿った行動を開始した。

兼清は、クウテロ隊長、北島警視の声が聞こえるなり、先んじて言った。

「ＩＤは０２Ｘです」

北島隊長は近くにいる誰かと幾つかの言葉を交わしてから兼清との通話に戻ってきた。

「ID、02X、確認した。スクランブル（秘話機能）のオンをチェックしろ」

「スクランブル、チェックしました」

兼清が応えた。

「よし、兼清、何があった？」

「コード《QUEEN》です」

「コード《QUEEN》確認した。フライトナンバーは？」

北島が冷静な口調で訊いた。

「羽田発ニューヨーク行きSAR212（さくら212便）です」

「状況を報告しろ」

北島隊長の緊張した声が聞こえた。

「自分とバディを組んでいた航空機警乗員、ID、07Zがクルーバンク内で何者かに射殺され、所持した拳銃と予備弾倉が奪われました。犯人も拳銃も不明です」

「殺された⁉　それに拳銃と予備弾倉が不明だと⁉」

北島は驚きの声を上げた。

「自分なりの実況見分（じっきょうけんぶん）を行った上での結論です」

「確認する。航空機警乗員である矢島が銃で殺され、拳銃と予備弾倉が奪取された。そしてその犯人は不明――。そういうことなんだな？」

「そうです」

兼清が短く答えた。

「報告をつづけろ」

北島が急かした。

「今から約五分前のことです。客室乗務員の一人が、クルーバンクで血を流して倒れている矢島班長を発見しました」

「死亡していたのか？」

北島が訊いた。

「自分が臨場した際に、心肺の停止を確認しました。出血管理ができないほどの状態でした」

「拳銃が奪われた状況は？」

「ホルスターはありましたが、銃のストラップが切断されています。またショルダーホルスターの弾倉はそれだけが奪われています」

兼清が説明した。

「キャビンの様子は？」

北島が訊いた。

「旅客たちは落ち着いています」

「旅客は誰も事件に気づいていないのか？」

北島が確認した。

「恐らく。現場は、旅客たちからは見えない場所です」

兼清がすぐさま答えた。

「犯人(マルヒ)の目星は？」

「わからない。ただ気になることがある」

立花咲来たちには頭から切り離せ、という内容の言葉を投げかけたが、やはり頭の中に刻まれていた。

「気になること？」

「今朝、赤坂のAホテルで、この〈さくら212便〉で業務する予定だった、水野清香という客室乗務員が何者かに殺害されました」

「その事件なら、さくら航空から情報を取り寄せているところだ。その事件と矢島が殺害された事件とが何か関係があると言うのか？」

「自分が注目しているのは、水野清香を殺した犯人は、彼女のIDカード、身分証明書と制服を強奪の上、それらを使って、さくら航空のオペセンに侵入し、〈PAX〉にアクセスし、この便の旅客情報を入手した――そのことです」

「つまり、どういうことだ？」

北島が促した。

「水野清香と矢島班長を殺した犯人は同一人物の可能性が高い、ということです。ただ、ここから先は大胆な推察です」

「いいからつづけろ」

北島は苛立った風に言った。

「今、自分の頭の中にあるのは、犯人の最終目的は、この便に搭乗する旅客の誰かを殺害すること。しかし、犯人はその旅客の名前は知っていたが顔貌を知らなかった。ゆえに、〈ＰＡＸ〉情報を得るために水野清香を襲った、そういうことです」

北島は黙って聞いていた。

兼清はつづけた。

「そして、旅客に紛れて機内に乗り込んだ《ＱＵＥＥＮ》は、最終目的を達成するための凶器として、矢島班長の拳銃を奪った――」

「ちょっと待て。スカイマーシャルが武器を携行していることは映画などでも知られている。しかし、犯人は、どうやって矢島をスカイマーシャルだと見抜いたんだ？〈ＰＡＸ〉にもそれは記載されていないんだぞ」

北島のその指摘はもっともだと思った。スカイマーシャルは、〝徹底的に目立たない〟ための訓練を日々欠かさない。服装や持ち物の選び方に始まり、歩き方、視線の向け方、また話の仕方など、誰からも注意を注がれない技能を身につけている。だから、外見から見抜くのは不可能と言っていい。

しかも、チーフパーサーにだけ、出発約二時間半前のブリーフィング直前に、今日のフライトにスカイマーシャルが航空機警乗することのみが伝えられる。その座席番号や氏名は明らかにされないのだ。

そもそも、スカイマーシャルに与えられる座席はその都度、決められる。専用の座席があるわけではない。主要国の重要な都市へ向かうフライトでは、国内線でも同じように、各航空会社はVIPが搭乗するための「空席」をあえて確保している。アメリカ行きなら、ワシントンD．C．とニューヨークへの便だけにはその都度違う「空席」が用意される。スカイマーシャルはそこを利用するのである。ゆえに、第三者があらかじめスカイマーシャルの座席を事前に知るのは事実上、不可能なのだ。

しかし、北島のその疑問に兼清は心当たりがあった。

「矢島班長が殺される直前、《う〜う〜う〜》の騒ぎがあり、それに矢島班長は対処してしまったんです。身分を明らかにしたとは思えませんが、その立ち居振る舞いから、《QUEEN》がそう判断した可能性は十分にあります」

兼清はつづけた。

「最初、《QUEEN》は、別の何かを凶器に使おうとしていた。しかし、スカイマーシャルが持っているだろう銃器なら確実に殺れる、そう考えたことも想像できます」

兼清は、そこまで言った時、自分を諌めることとなった。

ついさきほど立花咲来たちに、〝今は、そういったことのすべてを頭から拭い去れ〟と言ったにもかかわらず、今、余計な迷路に入り込んでいる自分を自覚したのだ。

「なら、なぜ矢島はクルーバンクで死んでいたんだ？」

だが、北島のその言葉に、またしても兼清は迷路にはまり込んだ。

「犯人に呼び出され、自らの意志で入っていった、それしかありません」

兼清は付き合わされた。

「しかし、矢島がおめおめとやられるはずは――」

北島のその言葉もまた兼清にとって刺激的過ぎた。

「自分もその〝疑問〟に同意します。しかし、もはやそういった話は、頭から除外しなければなりません」

兼清は、北島の反応を待たずにつづけた。

「矢島班長が殺害されたことは重大な事態です。ですが、自分は、謎解きの探偵じゃありません」

「確かに」

北島が賛同した。

「自分が最優先すべきは、事件解明ではなく、拳銃を隠し持っている《QUEEN》をいち早く無力化すること、それだけです」

兼清は言い切った。しかし、なぜ矢島がここに来たのか、そしてどうやって殺されたのか、それらの謎についてずっと模索している自分がいることも自覚していた。

「分かった。さくら航空の『OCC』とすぐさま連携する」

通信を終わろうとした北島を兼清は押し止めて言った。

「実は、調べて欲しいことがあります」

「なんだ？」

「さきほど言いました水野清香の事件ですが、大至急、その概要を教えてください」

「お前、探偵ごっこをやる気じゃねえだろうな？」

「もちろん違います。拳銃を持っている《QUEEN》を特定するためならどんな情報も求めます」

「分かった。待ってろ」

通話が切れた後、兼清は大きく息を吐き出した。そして矢島の頭をじっと見つめた。

その時、兼清は初めて感情を言葉に出して吐き出した。

「なぜだ！」

15：30

兼清は激しく毒づいた。膝の上に置いた両手の拳(こぶし)が震えた。

兼清は、矢島の姿を脳裡に蘇らせた。

彼が特務班に配属されてからというもの、自分は何かと矢島に反発してきた。北島からそれについて咎められたことも一度や二度ではない。

だが、機内における様々な戦術を考え出し、肉体的に高いレベルを毎日維持し、ベストな射撃技術について常に最高レベルを追求するプロフェッショナルな矢島の姿には、口に出さなかったが畏敬(いけい)の念を抱いていた。それだけじゃない。スカイマーシャルとして強い誇り――〝自分は専門家なんだ！〟〝プロフェッショナルなんだ！〟という強い気持ちを持ちつづけることを毎日、毎日、叩(たた)き込むその熱情も素直に受け止められた。

ただ、それでも、スカイマーシャルの素人が特務班を指揮することに兼清はやはり納得していなかったのだが。そして結局、矢島班長は自分の考えをついに理解してはくれなかった。

一時の感傷は衛星電話の呼び出し音が掻き消した。

再び北島の声が聞こえた。

「事件概要の件はちょっと待て。後からグループチャットで送る。それより今、さくら航空の『OCC』と緊急協議しているが、リターンの方向で調整中だ。機内で殺人事件が発生し、矢島の遺体がそのままではそうせざるを得ない。よってこちらも空港警備班と爆発物処理班(バクショリ)だけでなく特殊部隊SAT(エス)や第6機動隊(ロッキ)にも緊急呼集をかけた。これから、十七階(指揮所)を警視総監をトップとする最高警備本部へ移行し、重大テロ事案対処態勢とする」

兼清は自分の腕時計へ目をやった。

──離陸から約一時間半。

リターンするには、あと三十分ほどがギリギリのタイミングである。だが、殺人事件が発生し、その上、旅客の安全が脅かされている以上、リターンは当然の措置だと兼清は思った。

だが北島隊長から出た次の言葉は兼清にとって意外なものだった。

「さきほど、滝川対策官が本部警備1課長と協議した。その結果、決まった対処方針を伝える。着陸するまでの間、もし《QUEEN》がコトを起こしたのなら、旅客に生命の危機が及ばない限り、完全制圧は追求するな。現場固定化を優先しろ。今や昔と違い、コックピットが支配される危険性は去った。だからキャビンさえ統制できればいいんだ」

兼清はそれには納得できなかった。

「〝旅客に生命の危機が及ばない限り〟とおっしゃいますが、状況は常に変化します。現場固定化を実施する余裕がない可能性が高い。制圧基準は、正当防衛下での完全制圧、つまり射殺を許可してください」

そこから先は言わなかったが、兼清は自分なりの考えに確信があった。現在の状況は、常識的に考えればコックピットの乗務員と幼い子供を除いた、この機内にいるすべての者が容疑者だ。客室乗務員も除外する訳にはいかない。彼女たちがすべて〝安全〟であると判断する材料は何もないからだ。ゆえに荷物などの一斉検索をして、《QUEEN》を追い込んだことで、どこかで動きに出られたら即時の対応が難しくなる。ある程度、容疑者を絞り込み、射殺できる射程内に《QUEEN》を入れなければ、不測事態に対応すること——たとえば、銃乱射など破滅的な行動に出る《QUEEN》を射撃で即時制圧することができないのだ。その〝射程内〟というのは、銃の性能などを説明する時に使う用語ではない。自分の射撃技能から独自に計算し尽くした完全制圧できる距離のことをいうのだ。

しかし北島の言葉は変わりなかった。

「ダメだ。《QUEEN》が武器を所持していることが明らかである以上、戦術は限られる。いいな！」

「しかし——」

「本部と対策官で決まった方針はもう一つある」

遮った北島はつづけた。

「全旅客と客室乗務員を対象とする拳銃の捜索を最優先で行え。お前は身分を明らかにし、すべての旅客を調べろ」

北島隊長が語気強くそう命じた。

だが兼清はすぐに反論した。

「手荷物や身体の検索は、旅客と客室乗務員の協力を得て調べることは物理的に可能です。しかし、それを行うと《QUEEN》は、その前に目的を達成させようと焦って暴発し、乱射という事態を起こす可能性があります」

兼清がつづけた。

「また、そういう事態になると、パニックとなった一般の旅客たちが勝手に動いてしまい、自分の作戦に支障を来してしまいます。旅客をパニックにさせないことを含め、機内を統制すること、それが自分には絶対に必要です。全体を統制しながら《QUEEN》を制圧するのは、難しいことですが、旅客や乗務員の命を守るためにやらなければなりません」

一瞬の間を置いてから北島が言った。

「分かった。お前に任せる」

「ただ、今回の《QUEEN》は必ず行動を起こします。その意志を強く感じます。ゆえに、着陸してからの作戦へ移行する可能性が高い。よって、ＳＡＴとともにその作戦を作成しておいてください」

「意志を感じる？」

北島が訊いた。

「注目すべきは、水野清香殺害において、《ＱＵＥＥＮ》に極めて綿密な計画性が窺えることです」

「分かった。急ぎ、作戦を作成する」

北島がつづけた。

「もしリターンするとしたら、羽田空港までの時間は――」

「約二時間もあります」

兼清が即答した。

「あと二時間もない――《ＱＵＥＥＮ》は今、そう考えているはずだ」

北島が押し殺した声で言った。


クルーバンクの螺旋階段を降りた兼清は、自分の座席に戻る前に、隣のトイレに入った。

ドアを閉めてロックを慎重に確認した兼清は、紺色のリラックスジャケットの硬く留めているボタンを外して脱いでドアのフックに掛けると、まずそのジャケットの右側内ポケットのボタンの穴に縫い付けている太い紐と繋がった警察手帳の位置を確認した。

それが済むと、グレーのクルーネックセーターの背中をたくし上げ、腰とズボンとの隙間に差し込んでいるコンパクトなミッチローゼンホルスターから、ＳＩＧＰ２２６自動式拳銃を繋がったストラップごと抜き出した。

兼清は、ＳＩＧＰ２２６の槓桿を引いて弾の装填を完了させてから素早く射撃できるように、かつ暴発を防げるハーフコックの状態にしてホルスターに戻し、セーターの裾でそれを隠し終えた。さらに、肩からぶら下げたショルダーホルスターに入った予備の戦闘用弾倉を確認した兼清は、ジャケットを手に取り、その袖に腕を通した。

身支度を整えた兼清は鏡を見つめた。

目の前にいる自分に向かって無言のまま小さく頷いた。

兼清は、右手の手首近くの前腕部に残った傷跡を左手で擦った。スカイマーシャルとして任務に就く前に負った、忘れもしない傷痕だった。

兼清がスカイマーシャルに就くまでの経歴はごくシンプルなものだった。高校を卒業してから警視庁警察官を任官した後、高校時代に剣道のインターハイで準優勝をした実績を買われて機動隊の武道小隊に配属。トクレン（特別訓練員）に指名されて、日々の機動隊としての任務をこなすとともに剣道の練習に明け暮れることになったが、二〇〇一年のアメリカ同時多発テロを受けて数年後に発足した空港警備隊に自ら希望して所属長を説得。さらにアメリカでの研修と訓練を経てスカイマーシャルに就くことになった。

　その研修と訓練は最高レベルのスカイマーシャルを育てるための「ステージ7(セブン)」という高度な戦術拳銃の技能が様々なメニューで要求された。メニューの一つは、ホルスターから拳銃をセットアップし、銃姿勢をローレディにした状態で、カバー（遮蔽物）の背後から身を隠して距離七ヤード（約六・四メートル）先の三個の目標物を連続射撃。その直後、膝を立てた状態でリロード（弾倉の入れ替え）して、今度は百八十度に体を回転して同じく三つの目標物をカバーの中から照準して発射——これを八秒以内に正確にやり遂げるという過酷なものだったが、兼清は完璧にやり遂げた。

　だが、この前腕部の傷を負ったのはその実弾研修と訓練の場ではなかった。

　兼清がまだ警視庁機動隊のいち隊員として、海外ＶＩＰの来日に合わせての第五期警備で、東京・港区にある某国大使館前において立哨(りっしょう)警備に就いていた時のことである。

　兼清の目の前にあった横断歩道を渡り出した年配の女性に、赤信号になったのに突っ込んできたトラックが急接近してきたことに気づいた兼清は咄嗟に反応してその女性に飛びついて救った。しかし、その弾みで、交通規制用に設置していたジャバラゲートの一部に右手の前腕部をぶつけ、十針を縫う傷を負った。傷自体は大したことではなかったが、あと三センチずれていたら「腱(けん)」を切断し、スカイマーシャルに就いてはいなかっただろうと確信することとなった。だからスカイマーシャルとして任務に就く時には必ず、腕を傷つけることがどういう事態を招くかを自らに思い知らせるためこの傷痕を擦ることにしているのである。

兼清はもう一度傷痕を擦ってから、腰に差したSIGP226の感触を確かめた。

――これを使う場面が必ずある。

兼清はそう確信した。

15:40

自分の座席に戻って十分ほどした時だった。兼清はキャビン内をもう一度、目立たないように検索を実施した。

視界に入る限り、通路を歩いている旅客は今は誰もいない。食器を扱う音や咳払(せきばら)いが聞こえるだけで、誰もが整然と食事中であることが窺(うかが)え、静寂が機内を支配していた。客室乗務員たちもいつもと変わりなく、ゴールドな笑顔を振りまいている。

だが兼清は、旅客の中で、いくつかの姿に注目し、記憶に刻み込んだ。

座席に座った兼清はチラッと隣に視線をやった。

隣席のソノダ・ユウカは相変わらずブランケットを頭から被ったままだった。時折、ブランケットが外れると、慌てて被り直した。その動きは明らかに何かを隠す動作に思えた。

兼清のスマートフォンに、水野清香殺害事件の事件概要書がクウテロのグループチャットを使って北島から届けられた。

兼清はそれを黙読しながら、脳裡に事件のイメージの再現を試みた。


今朝の東京は、出番を忘れていた冬将軍が慌てて行軍を始めたことを兼清も感じていた。羽田空港へ向かうために駅に向かっていた途中、昨日までの暖かさが嘘のように冷たく吹く風に、行き交う人たちは誰もが厚い上着の襟を立てていた。

ならば、現場のAホテル、その三階にあるフロントドアを出入りする人たちも冬の到来を肌で感じとったはずであり、コートかジャンパーなど厚手の衣類を身に纏(まと)っていただろうことを兼清は想像した。

事件発生の時間、ロビーの中央では、毎年恒例の巨大なクリスマスツリーが、色鮮やかに点灯していたという。大勢の親子連れや恋人たちが集まって来てはスマートフォンのカメラに収まったことだろう。その奥にあるレセプションの前でもチェックアウトの手続きを待つ宿泊客たちの長い列ができていたはずで、ホテルマンたちが忙しく案内していた光景を兼清は想像した。

つまり、ロビーは大勢の人々でごった返していたわけで、黒いコート姿に黒い帽子を目深に被り、マスクをしているという、一種、異様な雰囲気の人物がロビーを横切ったとしても特別な目を向ける者がいないのも当然だったろう。

それでもホテル内の防犯カメラは男の姿を複数回捉えていた。だが、セキュリティセンターの警備員たちもその男に注意を払うことはなかった。しかも、それから間もなくして行われる犯行に至ってはまったく気づくことはなかった、と警備員たちは警視庁の調べに供述している。

〝黒い帽子の人物〟が入った部屋と同じ十二階の部屋から出て来た水野清香は、クロエのスタイリッシュなバッグを右の肩に掛け、スーツケースとオーバーナイトバッグを載せたキャリアーを左手で引きながらエレベーターホールを目指して通路を進んだ。

水野清香が襲われたのは、〝黒い帽子の人物〟の部屋の前にちょうど差し掛かった時だった。

突然、ドアを開けた〝黒い帽子の人物〟は、水野清香の腕を取って自分の部屋に強引に引きずり込み、足で勢いよくドアを閉めた。そして強い力で水野清香を突き飛ばした。床につんのめった水野清香の手から、すべてのバッグを奪い取ろうとした。しかし水野清香は激しく抵抗したので、腕による圧迫で窒息死させた——。

犯行後、犯人はエレベーターに乗って、レセプションを介さずに直接行ける地下二階の駐車場まで一気に向かった痕跡があるという。そこからは、駐車場を横切って地上に出る階段を駆け上がり、外堀通りに面した舗道の人波に飲み込まれるようにして消えていったと思料されていた。

犯行方法のくだりには、幾つかの注釈が添えられている。

たとえば、部屋の中に激しく争った跡があり、衣服の胸元が著しく乱れていた他、窒息死の一般的な所見である、顔面のうっ血と口腔粘膜の溢血点が顕著に認められたという検視官報告から殺人と断定したとあった。

一方、首には爪痕、擦過痕や扼痕がないことにも触れられていた。

一見すれば矛盾のように見えるが、兼清には心当たりがあった。相手の首に腕を回して締め上げ、左右の頸動脈三角部（骨がない部分）と咽頭部を圧迫する場合には、頸部の扼痕をまったく残さないことがある。アメリカでの研修時、近接格闘の一つで、痕跡を残さない暗殺方法として軍の特殊部隊が習得しているとの説明とその訓練を受けたことを兼清は思い出した。

倒れている清香を最初に発見したのは、ホテルのハウスキーパーの女性だった。水野清香が連れ込まれた部屋からいきなり、黒いバッグを抱えた〝黒い帽子の人物〟が飛び出して来たので、恐る恐る部屋に近づいてみたところ、仰向けで身動きしない水野清香を発見したのだという。

その女性は、走り去る犯人の姿を目撃していた。顔は見えなかったが、体つきから女性のように見えたと証言した、と概要書にあった。防犯カメラの分析をすればそれは明らかになるのだろうが、北島から送られてきた事件概要書にはそのことは触れられていなかった。

水野清香はすぐに発見されたものの、そこから警察が殺人事件として認知するまでに時間がかかり過ぎていた。

連絡を受けたレセプション係員は、まずチェックアウトの対応に追われていたレセプションチーフの手が空くのを待った。その五分後、レセプションチーフは別室で会議中だった支配人に慌てて報告した。ただ、ホテルのマネージャーは当初、病気だと早合点し、救急車の手配しかしなかった。しかし、到着した救急隊員が、顔や眼球の観察から窒息死の所見があることに気づいたことから、そこで初めて警察へ通報がなされた——それらの経緯が詳しく書かれていた。

しかし、被害者の身元が分かるものが何も現場に遺留されていなかった。犠牲者が航空会社の客室乗務員であるという身元確認を警察官が行うまでにはさらに時を費やした。

結局、さくら航空に初めて連絡がいったのは、ハウスキーパーが水野清香を発見してから二時間も経った頃だった——。

読み終えた兼清は、大きな謎とぶつかっていた。

犯行の目的が、兼清が推察した通り、〈さくら２１２便〉に搭乗する〝ある特定の者〟のうち、旅客の座席番号を知りたかったためとした場合、なぜ、水野清香が、この便で業務をする客室乗務員だと分かったのか――。

深い思考に入ろうとしたその時、今度は立花咲来たち乗務員とのグループチャットに着信があった。

〈エコ、深沢。当該のトイレチェック担当。情報は末永パーサー（P）より報告〉

兼清は、その〝トイレチェック担当〟という業務をもちろん知っていた。

汚物などで汚れていないか、病人が倒れていないかを調べるため、客室乗務員たちが定期的に交替で行うのだ。事件があった時間帯、クルーバンクに隣接した、最後部の、Ｒ５ドア左側のトイレのそれにあたっていたのは、エコノミークラス担当の深沢だと知らせてきたのだ。

〈深沢が目撃、同トイレ、使用、旅客、五人〉

つづけて送られて来たグループチャットに五人の名前と座席番号があった。

兼清は、じっと五人の名前を見つめた。客室乗務員の深沢由香利の証言に頼るとすれば、間違いなくこの中に、水野清香と矢島班長を殺した《ＱＵＥＥＮ》がいるはずである。矢島班長がクルーバンクで殺害されたことが明らかである以上、〝近づいた者〟こそ間違いなく〝容疑者〟に含まれるからだ。

兼清はまず、咲来から送られてきたリストの一番上に書かれた、ビジネスクラスの旅客に目をやった。

〈サイトウ・ヒロシ〉

座席は、ビジネスクラスの中程の左手、通路に面した一人席である《13列A》の座席の男である。搭乗待合室で〈PAX〉の中に見た《う〜う〜う〜》だ。

兼清の座席からはかなり距離がある。ゆえにこの男の動きは死角であった。

兼清は、この旅客に強い印象があった。今回の旅客の中で唯一の《う〜う〜う〜》であるからだ。

兼清は、スマートフォンを取り出して〈PAX〉にアクセスし、サイトウ・ヒロシに関するデータを呼び出した。

名前の上に指をやると、個人データがポップアップ画面として出現した。その中から〈前歴　警告書I〉と記されたハイパーリンクを選んだ。

〈安全担当者会議報告／客室本部客室業務部作成／11-MAR-20XX／機内迷惑行為／他の旅客や客室乗務員への威嚇・大声で騒ぐ／羽田空港―ニューヨーク国際空港／チーフパーサーに「殺してやる」と大声を発する。他のお客様に殴りかかったところ、航空機警乗中の矢島警部が取り押さえ、チーフパーサーが『警告書I』を提示。殴られた旅客の要望により刑事事件になっていない〉

兼清はその言葉に目が釘付けとなった。

〝航空機警乗中の矢島警部が取り押さえ〟

兼清は驚いた。この時、〝取り押さえた〟のが矢島班長だったのだ。

だとしたら、今回の事件はサイトウ・ヒロシによる復讐（ふくしゅう）だった可能性も見えてくる。

しかし、もしそうであるなら、水野清香を殺したのはなぜなのか？　水野清香殺しが、ターゲットとする旅客の座席番号を知るためだったとしたら、やはり、矢島班長を襲った理由は、そのターゲットを狙うために拳銃を奪うためだったのか――。

兼清は、サイトウ・ヒロシを《ＱＵＥＥＮ》としてその戦術をイメージしてみた。サイトウ・ヒロシが奪った拳銃を使って、旅客の誰かを殺害するそのシーンをだ。

兼清には、サイトウ・ヒロシを一発で制圧できる、との確信がすでにあった。これまで垣間見た（かいまみ）サイトウ・ヒロシの動きから、余りにも隙（すき）が多いと分かったからだ。

ただ、問題は自分とサイトウ・ヒロシとの距離と位置である。

サイトウ・ヒロシの座席が、自分が百パーセント完全制圧できると決めている距離圏内にはないのだ。

兼清が所持するＳＩＧＰ２２６は特殊な銃弾を使っており、何かに当たれば粉砕するので、貫通して旅客に当たる恐れは少ない。だが当たりどころによっては跳弾が発生するかもしれないのだ。

ゆえにもし、サイトウ・ヒロシが自分の座席から攻撃に出た場合、ビジネスクラスを望むプレミアムエコノミーに即座に前進し、サイトウ・ヒロシとの距離を詰めなければならない――。

兼清は、リスト二番目の、エコノミークラスの最前列の真ん中付近、右通路側に席がある旅客に目を移した。

《31列G》KONDOH TAKERU 47歳。男性(M)〉――コンドウ・タケル。

兼清は〈PAX〉でこの男のデータを見つめた。

コンドウ・タケルの隣席《31列F》に、コンドウ・サクラコという名の同年代の女性がいる。住所も同じだ。兼清からはその姿は見通せない。恐らく二人は夫婦で――。

――サクラコ……。

兼清はその名前に聞き覚えがあった。そう、搭乗案内のアナウンスが流れる中、あの思い詰めた顔をしていた夫婦だ――。

兼清は、搭乗待合室でのシーンを脳裡に蘇らせた。最終の搭乗案内にもかかわらず、座ったままだったこの夫婦。兼清は、その夫婦に近づいた時、その会話を聞いたのだった。

「サクラコ、すべてはあの子のために、そうだったね」

男が静かに言った。

「ええ、あの子の無念のために――」

女が弱々しい声で続いた。

その時は、自分たちの子供を病気か何かで失った両親が、慰霊の旅にでも出ようとしているんだろうか、という風な印象しか持たなかった。

ただ、しんみりとした夫婦だったが、コンドウ・タケルは、見た目は年齢よりもずっと若々しいし、エネルギッシュな感じさえ受けた。

しかも、兼清は、さきほど行った二度目の機内検索で目撃した、コンドウ・タケルの「目」を、今、思い出した。カッと見開いて窓からの景色を凝視していたその「目」は余りにも異様で、何かへ向かう強烈な意志を兼清は感じたのだ。

兼清はもう一つ、記憶に残っていることがあることに気がついた。機内検索で、コンドウ・タケルのその「目」が気になって見つめながら通り過ぎようとした時、一瞬だけ目が合った。

その時、コンドウ・タケルは膝の上に置いていたボストンバッグのチャックを慌てて閉め、兼清の視線から逃れるようにして座席の下に急いで仕舞い込んだ。

まさか、あのバッグの中に奪った拳銃が？

兼清に迷う余裕はなかった。コンドウ・タケルが《ＱＵＥＥＮ》であったときの戦術を急ぎ考えた。

だが、彼にしても問題となったのは、距離と位置である。その席は兼清から一応、見通せるが、彼がもし背を低くして行動を起こしたら死角となる。素早い距離詰めが遅れてしまうことを予感した。

三人目としてリストアップされているのは、ビジネスクラスの後方、右窓側に面する一人席に座る外国人だった。

《16列H》SMITH GRAZER　42歳。男性アメリカ国籍》

「スミス・グレイザー」と読めばいいのか。

兼清からはその席はまったく見ることができない。

その男についても、兼清は国際線ターミナルの入口で見かけたことを思い出した。

大きなリュックサックを背負った男は、運転席から出てきたもう一人の顎鬚面の男と長い抱擁をしあった。

「成功を祈っている」

兼清の耳にも、顎鬚面の男のその、どこかの国の訛りのある英語が聞こえた。

「もちろん、今回のためにこれまでのすべてがあった」

力強くそう答えた〝リュックサックの男〟はターミナルの中へと消えて行った——。

今、考えてみれば、最後の言葉も非常に気になるが、あの腕の筋肉はアスリートのそれではなかったことに兼清は注目した。近接格闘のための筋肉の付き方だ、と兼清は確信した。自分の筋肉と似ているからだ。

もし、こいつなら、高い身体能力と強靱（きょうじん）な肉体を持った矢島に対しても効果的な攻撃ができるはずだ。また、矢島はＣＱＣの訓練を受けたことがない。そのことからも、スミスが矢島班長を殺すシーンが容易に想像できた。ＣＱＣの関節技を使ったとすれば、いくら強靱な肉体が相手であっても隙は容易に作れる。その瞬間にＳＩＧＰ２２６を抜き、あらかじめ近くに用意してあった枕ごと後頭部に押し当て射撃した可能性は排除できない――。

しかも機内検索でスミスを目にしたことを思い出した。

あの姿が異様だったからだ。さくら航空自慢の、ビジネスクラスのエンターテイメント・プログラムを観ることもせずにじっと前を見据え、個室座席の中で、背中を丸くして、赤い小型のバッグを大事そうに胸に強く抱き締めていた。

もしかしてその中に、矢島班長から奪ったＳＩＧＰ２２６が……。

兼清は、一種異様なその姿を、もう頭から拭い去ることができなくなった。

スミスの座席の位置を兼清は思い描いた。

彼にしても兼清からは離れたビジネスクラスで、それも右側の通路の向こうに位置しているから、またしても死角となる。しかも銃線の中に大勢の旅客を挟んでしまうのだ。もしスミスが《QUEEN》だとして、行動を起こしたのなら即座に距離を詰める必要があることを脳裡に刻み込んだ。

兼清の視線は、リストの四番目の名前に移った。

エコノミークラス後部の通路側に座っていて、兼清からはその背中が見える、

《39列D》MORIMURA KANAKO〉——モリムラ・カナコ。

という名の31歳の女性だった。国籍は日本。職業は会社員とある。

彼女については、もし座席から移動したとしたら、兼清の目に止まっていたはずである。ところが兼清にはその記憶がなかった。深沢由香利がこの女性が移動したことを目撃したというのでリストに含めたが、立ち上がるだけでも必ず記憶に残るだけの観察眼はあると自負する兼清には不思議だった。兼清は彼女に〝透明人間〟という別名を与えることにした。

こうやって彼女の背中を見つめていても、余りにも儚(はかな)げなその姿は、一人を絞め殺して、もう一人を銃殺するという残虐な犯人像とはかけ離れていた。

しかしだからと言って、〝容疑者〟から外そうと兼清は思わなかった。

それどころか、兼清はこの旅客に、今、大いなる関心が湧(わ)き起こっていた。

他の旅客たちなら、彼女には目も向けないだろうと確信が持てるほど、とにかく存在感

がないことだ。

たとえ、彼女がクルーバンクのドアを出入りしたのを目撃したとしても、彼女についての記憶は一瞬で消えてしまうはずだとも思った。つまり、矢島班長のもとに、モリムラ・カナコが近づいたとしてもまた――。

そしてもう一つ、兼清がこのモリムラ・カナコに関心があったのは、兼清が一瞬だけ目撃した彼女の視線だった。その視線は、兼清にとって、〝狩猟者の眼〟と表現するべきものだった。しかしそれを感じたのは、自分だけだろうと思った。なぜならそれは自分と同じものだという気がしたからだ。

兼清もまた機内では〝存在感〟のなさを徹底的に追求している。

しかし、スカイマーシャルに就いてから一年もした頃、当時、直属の上司だった北島からこう言われたことがあった。

「お前は存在感を確実に消した。しかし、同じ臭いがする者から見たら〝狩猟者の眼〟を感じられてしまうことだけは避けられない」

その言葉から考えれば、モリムラ・カナコを意識せざるを得なかった。

ただ、このモリムラ・カナコが《ＱＵＥＥＮ》であった場合の〝距離詰め〟に問題はない、と兼清は判断していた。

問題があるとすれば、彼女が右通路側へ〝移動〟した場合だが、訓練で鍛え抜いた自分のスピードならば、それは大きな障害にはならない、と兼清はすぐに確信を持った。

五人目としてリストアップされていたのは、エコノミークラスの後方にある二人席の通路側、

〈《40列H》YOSHIZAWA MITSUKI　42歳。女性。〉──ヨシザワ・ミツキ。

兼清の座席からは、右側の通路の向こうの、ほど近い距離に座る彼女を見通すことができた。その隣には、幼稚園児ほどの娘が並んで座っている。リストアップされた記述には、〈リオ〉という名前があった。

この親子については、搭乗待合室での光景を兼清ははっきりと憶えていた。

〈リオ〉という名の娘をしっかりと抱き締めて歌を聞かせていた母親、それがこのヨシザワ・ミツキなのだ。

しかし、今、ヨシザワ・ミツキの姿を見つめている兼清は違和感を持った。

搭乗待合室で見せていた笑顔がヨシザワ・ミツキからまったく消え失せていたからだ。

それどころか、表情は明らかに強ばって緊張し、落ち着きなく周囲へ視線を向けている。まったく異様だった。その雰囲気は、何かに激しく怯えているように見えた。まるで、そう、犯罪を行って怯えているかのような──。

兼清は、この母親の名前を立花咲来からのグループチャットの中で最初見つけた時、〝容疑者〟からすぐに外そうと瞬間的に思っていた。それもこれも搭乗待合室での親子の

楽しそうな様子が記憶に残っていたからだ。

だが、やはり〝何かに怯えている〟その姿が気になった。

結局、〝容疑者〟の一人とカウントすることにした兼清はもう一度、ヨシザワ親子へ視線をやった。

兼清は気づいた。彼女は怯えている一方で、何かを警戒している――。

しかし、彼女の娘の笑顔を見つめながら、幼い頃の若葉の顔が兼清の脳裡に浮かんでいた。

あの頃の若葉は、何度も自分の膝の上に乗ってきて甘えた声で話しかけてくれたのに――。

兼清の視線はしばらくヨシザワ親子に向けられたままだった。

ハッとして現実を取り戻した兼清は、スマートフォンの、あるアプリを立ち上げた。〈さくら212便〉の平面図をディスプレイに映し出した。リストにある五人の座席にそれぞれの名前などを書き込んでから、あらためて全体図を見つめた。

この五人の中に、水野清香と矢島を殺害した犯人、つまり《QUEEN》がいる可能性が高いことを兼清は認識した。

ただ、あくまでも深沢という客室乗務員が見落とした旅客がいなかった、という前提ではある。

ゆえに自分は重大な見落としをしている可能性もあると兼清は自分に言い聞かせた。この五人は確かに厳重な監視が必要だが、それ以外の誰かが突発的な危険行動を起こす可能性も視野に入れた高度な緊張を保つことが重要だと判断した。

兼清はこれら五人を、〝パッセンジャー（旅客）〟の頭文字をとって「P5（ピーファイブ）」と密（ひそ）かに命名し、個人個人の名前については座席番号で示し合うことを咲来と客室乗務員、そしてコックピットと共有することを、グループチャットで流した。

兼清の思考は、拳銃を所持する《QUEEN》に、実際に対処するための戦術へと移行した。

五人のうちの誰かが奪った拳銃を使用した場合の、武器使用の判断について兼清は法的解釈をすぐに終えた。犯人は、すでに少なくとも一名の命を奪っているのである。相手が拳銃を据銃（きょじゅう）した時点で正当防衛の条件がクリアーとなる。その場合、完全制圧、つまり射殺を強く意識した。

だが、戦術を考える上で重大な問題を見つけた。

兼清の脳裡に、再び北島隊長の言葉が浮かんだ。

〝全旅客と客室乗務員を対象とする拳銃の捜索を最優先で行え。お前は身分を明らかにし、すべての旅客を調べろ〟

実は、北島隊長からその言葉を投げかけられるより前に、任意での荷物検索、そして客室乗務員の協力を得ての身体検索のことが兼清の頭に浮かんではいた。それによって拳銃を発見しさえすれば、今、この機内を支配している脅威は事実上、一気に消滅するからだ。

それが今、五人に絞ることができた。

しかしそれでも兼清は躊躇っていた。バディがいたならば分散して「P5」に対応できる。だが「P5」のうち三人の位置が離れすぎている。その三人のうちの誰かが、荷物検索が開始したせいで発覚を怖れて暴発したらすぐに対処できなくなるのだ。

だから兼清は荷物と身体の検索を諦めた。せめてもう少し、五人の中で疑わしい者を絞り込みたかった。

しかし、五人に絞ったとは言え、さらなる問題に兼清は気づいた。

矢島班長というバディがいないことで、五人のうちの誰かが犯人で、それを制圧したとしても、その後の、最も重要な「即座の機内の掌握」ができなくなったことだ。

矢島がいたのなら、エリアを分担して十分に対応できる。しかも我々スカイマーシャルにとって最も脅威である「スリーパー」と呼ぶ、旅客に紛れて最後まで隠れている共犯者の検索も可能だ。しかし今、それができないことが大きなリスク要因だと兼清は認識した。

つまり、「P5」に絞ったと言っても、結局、二百十八人全員に自分が一人で対応しなければならないことには変わらないのだ。

トイレに立った兼清はその中で、「P5」の人定情報を「クウテロ」のグループチャットで北島隊長に送った。身元確認を含む調査を依頼するためだ。

だが期待はしていなかった。残された時間は余りにも少ないからだ。

ファーストクラスのギャレーに入った咲来が、客室乗務員がセットしたデザート、温製アップルタルトレット・ラズベリーソースのチェックを終えてからキャビンに戻ったちょうどその時、堀内綾乃が遠慮がちに小声で声をかけてきた。

「いつの間にか、こんなメモが上着のポケットに入っていました」

堀内綾乃は折り畳んでいた小さなメモを開いて見せた。

〈チーフパーサーに告ぐ。もう一人のスカイマーシャルを、最後部右側のトイレの前に立たせろ。もしそれがなされないと、旅客や客室乗務員の、さらなる血が流れる〉

「この〝さらなる血〟とは、さっきグループチャットで共有された、あのことですね？」

堀内綾乃はクルーバンクでの出来事を指摘した。

だが咲来はそれには応えず、

「この件は私が預かる。あなたは、キャビンウォッチのローテーションを急ぎ組んで」

「しかし、間もなくキハンを始めますが――」

堀内綾乃は困惑する表情を浮かべた。

「今は、とにかく普段通りのことをすること、それが大事なの。その理由は、グループチャットで知らせます」

咲来は、近くにいる他の客室乗務員へふと目をやった。何人かの客室乗務員が何かを感じ取って自分に向けてチラチラ視線をやっていることに咲来は気づいた。

だが咲来はそれには構わず、すぐにそこを離れ、旅客たちに笑顔を振りまきつづけながら歩き出した。この事態は、グループチャットのみでやりとりする訳にはいかない、と咲来は判断していた。

キャビンウォッチで最後部まで足を向けた咲来は、トイレから出て来たばかりの兼清とアイコンタクトができた、ちょうどそのタイミングで声をかけた。

「私はこの便のチーフパーサーです。よろしくお願いいたします」

兼清は一瞬、戸惑った表情を浮かべたが、咲来の意図に気づいた風にすぐに笑顔を作った。

「こちらこそよろしく」

咲来はその言葉に微笑みで返しながら、まだパーサーだった頃の自分を思い出した。若い頃は、好感を持った男性に三度ほど自分から声をかけたことがあった。ただ本来なら、それはミールとキハンも終わって、キャビン内が消灯され、客室乗務員も半分がレスト

（休憩）に入っている時にやるべきことだ。しかも、それは若いからできたことだ、とは思った。今じゃ、毎日のしつこい腰痛に苦しみ、自律神経に異常を来していると感じるほどだ。

ともかく、今やるべきことを考えると、兼清にメモを見せるためには唯一の手段だと咲来は決めた。

自分の〝演技〟を彼が理解してくれていることに満足した咲来は、バーカウンターから持ってきた、ミネラルウォーターが入ったブランデーグラスを差し出した。

「もしよろしければ、あちらで少しお話しませんか？」

咲来は、ビジネスクラスの中程にあるバーカウンターに兼清を誘った。

これは日常的な光景ゆえ、二人だけで話していても、客室乗務員と話せて羨ましいと思われるだけで誰からも違和感は持たれないとの思いが咲来にはあった。本来ならそこはビジネスクラスの旅客専用となっていたが、客室乗務員が案内するのだから注意を向ける旅客への心配はなかった。

バーカウンターには、スコッチウイスキーやリキュールを始めとする様々な洋酒やワインも揃っている。ビジネスクラスの旅客はここに来て自分たちで自由に注いで楽しめるのだ。

バーカウンターに立った咲来はまず、客室乗務員が得意とする〝お誘い〟の話題を始めた。

「それで、やはり一人暮らしをしているといろいろ怖いこともあるんです」

「怖いこと？」

兼清が話を合わせてくれた。

「ええ、勤務がある時は制服姿で家を出てタクシーに乗るので、それを知っている男性の方が、いつもジロジロ見たり、ある時など、こっそり写真を撮ってきたり――」

　これは気に入った男を誘う時にする会話だった。

　咲来はそれとなく周囲を見渡した。グラスを片手に談笑する旅客が数人いた。咲来は、兼清とのアイコンタクトで、彼らとの距離がもう少し空くタイミングを計ろうとした。

　それを理解した風の兼清が口を開いた。

「今度、わたしが迎えに行きますよ」

「じゃあ、お願いしようかな」

　若い頃ならここで小首を傾げるところだが、さすがにそこまではできなかった。

「それって、ソムリエバッジですよね」

　兼清が、チラッと他の旅客へ視線をやった後で、咲来の上着の襟元を指さした。

「はいそうです」

　咲来は快活に答えた。

「ワイン好きなんですが全然わからなくて」

兼清が〝素朴な紳士〟を演じつづけた。

「今度、一緒に選んであげますよ」

咲来がそう応じた時、周りにいる旅客たちが日本語を使わない外国人だけとなったことに咲来は気づいた。

咲来はこのタイミングを待っていた。

「そうだ、ちょうど今、素敵なワインショップのリストを持っているんです。さきほど他のお客様から頂いたものですが――」

咲来は、堀内綾乃から受け取ったメモを兼清の前に置いた。

内心、咲来は緊張していた。これを書いたのが殺人犯であると確信していたからだ。クルーバンクでの事件を知っているのは犯人でしかあり得ないからだ。

「今度、一度、このショップに行ってみようかな」

兼清は柔らかな表情を崩さないままメモを見つめた。

微笑みを絶やさない咲来は、

〝メンバーのポケットに誰かが入れました〟

とメモの片隅に急いで殴り書きした。

兼清は、胸ポケットからボールペンを抜き出し、自分のコップの下にある紙のコースターを使って筆談を始めた。

〈要求には応じるな〉

〈お客様の安全は？〉

咲来も筆談で応じた。

〈全力で守る。安心しろ〉

兼清はそれだけで筆談を終えてコースターを自分の上着のポケットに入れた。

咲来は苛立った。

いつまで経っても上から目線の男である。かつては、今まで出会ったことのないタイプの、オスの臭いをぷんぷんさせたこの男に、メスの部分が反応したこともあった。だが、今、目の前にいる男は、単に粗野で野蛮でしかなかった。

だが自分の仕事にこそ忠実だった咲来は頭を切り換えた。

堀内綾乃のポケットに入れられたこのメモは、スカイマーシャルを殺した犯人、つまり《ＱＵＥＥＮ》が書いたものだ。クルーバンクでの事件のことは旅客は誰も知らないはずだからだ。

さらに旅客を殺害すると予告する脅迫文を自分宛(あて)に寄越したことで、事態がさらに悪化していることを咲来は自覚した。

だから、いくら兼清が危険人物対処のプロフェッショナルであったとしても、ただ〝安心しろ〟と言われただけでは納得できなかった。拳銃を持って危険な行為を起こす可能性がある《QUEEN》が、旅客に紛れて座っているのだ。自分にはチーフパーサーとして旅客と客室乗務員の安全を守る責任がある。旅客に危害を加えられるのをただ待っていられるはずがない！

「ごちそうさまでした」

兼清は、咲来に一瞥（いちべつ）を投げることもなくバーカウンターを一方的に離れ、自分の座席方向ではなく、「L2（エルツー）」（機首から二番目の左側ドア）の方へ向かって行った。

ファーストクラスに戻った咲来は、ファーストクラスの旅客からの日本酒のリクエストにいつもの笑みで応えながらも、自分がなすべきことで頭が一杯となっていた。

コックピットからの呼び出し音が鳴ったのはその時だった。

「羽田へ、リターンする。どうも話が官邸にまでいったらしく、問題はそれまでに、国土交通省の課長補佐、課長、局長、事務次官、そして官邸の秘書官など介入する関係者が多すぎて、さくら航空と国交省の決断が遅れたようです」

咲来がL1ドアのハンドセットを耳にした時、機長の牧本が開口一番そう告げて、さらにつづけた。

「二分後、機首を羽田に向けて転回します。お客様と乗務員に急ぎ伝えてください」

「理由はどう説明しましょうか？」

咲来が緊張気味に訊いた。

「まさか、殺人事件があった、なんて言えるはずもない。急病人の発生と説明するしかないですね」

「分かりました。ところで――」

咲来は、脅迫文と、それに対するスカイマーシャルの短い言葉と、そして自分の考えを簡潔に説明した。

しばらくの間が空いてから、より一層緊迫した牧本の声が聞こえた。

「チーフ、乗務員はすべての情報を共有し、キャビンウォッチも頻繁に行って厳重警戒に当たると同時に、旅客の安全を図る努力をしてください。また、救急箱、薬品ケース、メディカルキット、レサシテーションキット（蘇生術器具）、ドクターズキットのいずれもすぐ使えるように準備を――」

一旦、言葉を切ってから牧本がつづけた。

「ただ、拳銃を所持しているだろう《ＱＵＥＥＮ》に直接対処できるのはスカイマーシャルしかいません。彼もプロです。任せましょう。皆さんは、タブレットでハイジャックマニュアルの確認を。それに沿った行動を心がけてください」

「了解しました」

そう言ってはみたものの、咲来の不安は益々大きくなるばかりだった。何しろ、ハイジャックマニュアルと言っても、二十五ページもあるが、冒頭から、〝何よりも重要なことは、個々の事例に応じた乗務員の冷静沈着かつ臨機応変な措置〟とか〝機長および乗務員が人命と安全運航のために判断した他の措置を妨げるものではなく、会社はその判断を尊重する〟という言葉が並んでいるほどである。これをもらった時、どこか他人事のような雰囲気に咲来は違和感を持ったことを今、思い出していた。

「キャビンで特異なことは？」

牧本が確認を求めた。

咲来は毅然として応えた。だがその言葉に続いて喉まで出かかった「今のところは」という言葉は飲み込んだ。

「何もありません」

通話を終えた咲来の頭が切り替わった。これからタフなアナウンスが待っている。その結果、抗議を行うお客様が出てくるかもしれない。もしそうなれば、キャビンを落ち着かせる努力が必要となる。ドリンクや軽食サービスも行うことになるだろう。つまり、客室乗務員は大忙しとなるのだ。

咲来はタブレット端末を急いで手にした。グループチャットに、リターンすることをまず伝え、ハイジャックマニュアルのチェックを始めとするやるべき必要事項と注意事項を箇条書きにしてすべての客室乗務員に共有させた。

座席に戻った兼清は、ついさきほど立花咲来との筆談をつづけながら、「Ｐ５」のうちの二人、ビジネスクラスの旅客で《う〜う〜う〜》のサイトウ・ヒロシと、アメリカ人のスミスをバーカウンターから横目で観察していた時の光景を思い出した。

あの場所は二人を観察するにはベストポジションだった。しかも、そこから二人を間近に観察するため、ビジネスクラスにある「Ｌ２」ドア近くのトイレとの間を行き来するのも不自然ではなかった。

その間に行った二人に対する観察で、特異な点を兼清は感じた。

まず、サイトウ・ヒロシだが、座席というよりは個室と呼ぶべき、パーテーションで囲まれたフルフラットベッドに全身を横たえ、24インチの大きなモニター画面でエンターテイメント・プログラムのゴルフ番組を流しているのに視線はそこにはなかった。じっと虚空を見つめて身動きしなかった。

一方、スミスは、小型の赤いバッグを胸に抱え、前のめりに座っていた。特に記憶に残ったのはその顔貌だった。青ざめた風に見え、目もカッと見開いているように思えた。

また自分のエコノミークラスの座席に戻るまでの検索でも、コンドウ・タケルは相変わらず思い詰めた様子のままで、幼い娘を連れたヨシザワ・ミツキにしても何かに怯える姿も同じだった。

そして存在感のないモリムラ・カナコに至っては、一瞬だが、またしてもあの「眼」に気づくことになった。

つまり「P5」の五人が五人とも兼清の目には不審者に映ったのだ。

傍らを通った客室乗務員にコーヒーを頼んだ兼清は、それが届くとゆっくりと啜り、深い思考に入るために目を閉じて意識を集中させた。

「P5」をどうやってさらに絞ってゆくか――そのことに神経を集中させた、そのつもりだった。

微(かす)かに聞こえてくるその音がそれを邪魔した。

初めは、どこかの旅客が耳にはめているイヤホンから洩(も)れている音だと思った。

ただ、それにしては異質な音だと思った。

兼清はふと辺りを見回した。

だが音源はすぐには分からなかった。

耳をそばだてた。

兼清はゆっくりと窓際の隣席へ視線をやった。

兼清が耳にしたものは、ソノダ・ユウカの啜(すす)り泣く声だった。頭まで被ったブランケットも大きく揺れている。

前席には一人の男が座っていたが、この音には気づいていない風だった。

兼清は最初、反応することに躊躇った。だが、なかなか泣き止まない。さすがに声をかけずにはいられなかった。実は、それは優しさからだけではなかった。彼女にいつまでも泣いていられたら、思考を集中させることができないからだ。

「失礼ですが、大丈夫かな？」

兼清は穏やかな口調で声をかけた。

彼女は兼清の言葉に応じず泣きつづけた。

意を決した兼清はその言葉を投げかけた。

「余計なことだとは分かってる。でも、ここに座ってから飲み物も食事もまったく摂っていないね。落ち着くためにも、まず飲み物だけでも口にしたほうがいい。もしよければ私が客室乗務員を呼んであげるよ」

兼清のその言葉でブランケットの揺れが止まった。

そして、すくっと背を起こした彼女は初めてブランケットを外し、兼清に顔を向けた。

泣いていたためか、目の周りを真っ赤にした顔が歪んで見えた。

兼清は初めて真正面から彼女の顔を見つめた。

化粧が涙で取れてしまったせいなのか、年齢は〈ＰＡＸ〉にあった二十二歳よりずっと若く見え、高校生と言われても違和感がないほどである。肩ほどまでの明るいブラウンの髪が唯一、年齢に合って見えた。また、左右対称の整った顔貌なので、普段は美人と呼ばれるタイプだろうとも思った。

「とにかく何か飲もう。気持ちが落ちつくよ」

そう言ってコールボタンを押そうとした兼清の手を彼女が押し止めた。

「それはいい」

慌てて手を引いた彼女のか細い声が聞こえた。

兼清が訊いた。

「体のどこかの具合が悪いのか？」

彼女はうなだれたまま小さく頭を振った。

兼清は、それこそ余計なことだと分かった。それに躊躇いもあった。自分の娘のことを思い出したからだ。

昔、若葉は、学校で起きたことはなんでも、たとえそれが嫌な経験であってもたくさん話をしてくれた。でも、最近の若葉は、この子のように沈んだ顔を浮かべた時に話しかけると、よそよそしい口調になって心を閉ざしてしまうようになってしまった。だから、この子もまた同じではないかと気分が削がれた。

しかしそれでも、兼清は言わずにはいられなかった。

「もし何かを話して少しでも楽になるんなら聞く。もし望まないのなら、もう二度と話しかけない」

しばらく黙り込んでいた彼女は、急に兼清へ背を向け、窓を見つめた。

「許せない……」

突然、彼女から微かな声が聞こえた。

「許せない？」

兼清は思わず尋ねた。

「そう、誰も」

ソノダ・ユウカはぼそっと言った。

「お父さんやお母さんは心配しているよ、きっと」

「私が幼稚園の時に死んだ。二人とも――」

「そうか。すまない」

兼清が素直に謝った。

だが彼女からは反応はなかった。

「じゃあ、友達は？」

兼清が慎重に訊いた。

「裏切った。そしてカレも……」

消え入るような声だった。

「ヒデぇ奴らだ」

兼清が真顔で毒づいた。

彼女は再び黙った。

しばらくしてその言葉が聞こえてきた。

「だから……もう……誰も許せなくなった……だから……ここですべてを終わらせる……」

「すべてを終わらせるって、どういう意味？」

兼清が慎重に訊いた。

だが彼女はそれには応えず、

「トイレに……」

と言ってきた。

すぐに立ち上がった兼清は彼女を通路へと導いた。

通路に足を踏み出す直前、彼女の体が揺らめいて倒れそうになった。兼清は反射的に彼女の体を支えた。

「大丈夫か？」

兼清は声をかけた。

兼清は内心、ひどく驚いていた。彼女の体が余りにも軽く、そして頼りなかったからだ。

16：02

「すみません」

彼女はそれだけ言うと、後ろのトイレにおぼつかない足取りで向かって行った。

その時だった。

「Ｐ５」の一人である、幼い娘の母親、ヨシザワ・ミツキが右側の席から立ち上がって、トイレへ急ぎ足で向かうのが視界に入った。ヨシザワ・ミツキは、トイレのドアを開こうとするソノダ・ユウカの動きを押し止めた。

その時、兼清が目にしたのは、ヨシザワ・ミツキが、ソノダ・ユウカから何かを奪おうとして揉めている風な光景だった。

一瞬、兼清は緊張した。ソノダ・ユウカが必死に隠そうとする物が黒っぽい銃のように見えたからだ。

――ＳＩＧ　Ｐ２２６⁉

思わず兼清が行動を起こそうとした時、エコノミークラス担当の深沢由香利が二人のもとに駆け込んできた。

二人の間に割って入った深沢由香利は諭すような雰囲気で何かを小声で語りかけている。兼清にはその言葉が聞こえなかった。

だが、兼清は緊急に調べる必要があった。深沢由香利に直接連絡を取って、二人が何かを奪い合っていたように思えたことについて尋ねた。だが何も聞き出せず、手荷物も自主的に開けてもらったが兼清が心配した物は出て来なかった。

結局、アナウンスをしなければならない咲来に代わって対応したのは深沢由香利だったが、後になって咲来が二人に深々と頭を下げて謝ることになったのだ。

兼清が、もう一度、二人の争っていた光景を脳裡に蘇らせていた時、機内アナウンスが流れた。立花咲来の声だとすぐに分かった。

「お客様にお知らせいたします。当機のお客様の中で、緊急の治療が必要な重病患者が発生しました。羽田空港にあります国土交通省の東京空港事務所などと協議しました結果、羽田空港へ引き返すことの指示を受けました。お急ぎの皆様には誠に申し訳ございません。しかし代替えの航空機につきましては速やかにご搭乗いただけますよう、急ぎ準備を進めております。すでに――」

キャビンに大きなざわめきが起こった。客室乗務員にさらなる説明を求める声も上がった。

しかしすでに旋回は始まっていることを兼清の体が微かに感じていた。窓からキャビンに差し込んでいる、夜の闇へと流れるオレンジの陽光も膝の上をゆっくりと流れてゆく――。

そこから視線を外していたことを思い出した兼清は、ソノダ・ユウカが戻ってきたのに気づくと慌てて通してやった。

急いでトイレを振り返ると、ヨシザワ・ミツキも深沢由香利の姿もなかった。

ソノダ・ユウカにしても、再びブランケットの中に隠れてしまった。

兼清は、ついさっき、ソノダ・ユウカが咄嗟に隠した物がしばらく頭から離れなかった。

まさか、とは思った。

だが、兼清の脳裡に、隣席のソノダ・ユウカの言葉が蘇った。

〈ここですべてを終わらせる〉

あれはいったいどんな意味があるのか――。

そしてもう一つ頭に浮かんだのは、やはりあの光景だ。

わざわざ席を立ってやってきたヨシザワ・ミツキが、ソノダ・ユウカと揉み合っていたことにまだ兼清は拘っていた。しかし、ヨシザワ・ミツキは、何もしていないと否定し、ソノダ・ユウカに至っては何も話そうとしないが、本当は何をしようとしていたのか。ヨシザワ・ミツキはソノダ・ユウカから何かを取り上げようとしているように見えたがそれは何か？　万が一、ＳＩＧＰ２２６かと思い調べてもらったが、二人は何も語っていない。

荷物や身体の検索にしても、あれ以上、強制的に調べる権限は客室乗務員にはなく限界があった。

その時、胸ポケットに入れていたスマートフォンがグループチャットの着信を告げた。

立花咲来からだった。

〈以下の情報を共有。問題の時間帯、当該のトイレへ近づいた旅客一名を追加。メンバーどうしのコミュニケーション不足をお詫(わ)びします〉

つづけて書かれていた文字に兼清は思わず息を吞(の)んだ。

〈42列A、ソノダ・ユウカ〉

兼清は思わず、隣席のブランケットの中にいるソノダ・ユウカへ目をやった。

彼女が容疑者？　考えてもみない事態だった。

突然、兼清の頭の中であるイメージが浮かんだ。

ブランケットを捲(まく)り上げたソノダ・ユウカが目の前で銃口を自分の額に向けて――。

兼清は隣席へ視線をやりながら身構える必要があることを意識した。

だが、ソノダ・ユウカとの距離は絶望的に近すぎた。スカイマーシャルにとって〝間合い〟は何より重要だった。

これで〝容疑者〟は六人となった。つまり「P5」は「P6(シックス)」に変更する必要があった。兼清は、すぐにグループチャットで咲来を始めとする乗務員全員に伝えた。

咲来は怒りが収まらなかった。スカイマーシャルの兼清の〝命令口調〟がやはりどうしても納得できないのだ。なぜ私があんな風に〝命令〟されなければならないのか、まったく納得できなかった。

もちろん、常にクールな私が顔にそれを出すことは絶対にあり得ない、と咲来は確信していた。ファーストクラスへのお客様へのゴールドな笑顔は完璧のままなのだ。

ただ、兼清が指摘した、ヨシザワ・ミツキとソノダ・ユウカへの疑念を、どこか不気味に感じている自分を咲来は自覚していた。それもこれも、今日のフライトを巡って殺人事件――しかも二件も！――が発生したという、かつて経験をしたことがない異様な現実に遭遇しているからだとも理解していた。

だが、客室乗務員たちを見渡した咲来は思い直した。彼女たちの視線が頻繁に自分に向けられている。常に冷静でいることの訓練がなされた彼女たちにとっても、不安は隠せないのだ。

しかし、その不安感は、時間が経過するにつれて旅客たちにも〝伝染〟していく。

咲来が怖れていたのは、旅客たちがパニックを起こすことで客室内が危険な状態に陥り、ひいては航空保安そのものを揺るがす事態になることだった。

つまり、今、何をすべきか、咲来はもちろん分かっていた。自分こそが今、余裕のある姿を客室乗務員たちに見せつけなければならない——。

兼清はじっと腕時計を見つめていた。

隣席のソノダ・ユウカの様子も気になっている。それも非常に——。

だが、今は、それより優先すべきことがあった。

堀内綾乃のポケットに入れられた脅迫文。あれから十分以上は経過している。脅迫文に書かれた要求を無視したままだ。兼清は顔を上げて周囲の様子を窺った。五感を研ぎ澄ませた。息を止める気分だった。

さきほど流れた機長からのアナウンスでは、羽田到着まであと約一時間半である。

《QUEEN》はいつ動くのか。それともリターンしたことで計画が崩れ、中止するのか。

兼清は、後者はあり得ないな、と確信していた。

矢島班長を殺害した段階で、羽田空港へ引き返すことは当然、予想したはずである。

兼清は、今更ながらそのことに気づいた。

最初から、引き返す時間を狙っていたのだ。

ではなぜ、リターンのタイミングを待っていたのか。そこに《QUEEN》の意図が隠されている気がした。

その時、兼清の脳裏にまたしてもその思いが浮かんだ。果たして「Ｐ６」だけに注目していていいのだろうか。重大な見落としをしていないのか？　兼清は焦りも感じ始めていた。

突然、悲鳴が上がった。

兼清が聞こえた方向へ急いで目をやると、ビジネスクラスの中程にあるトイレから出て来た年配の女性が、目を見開き、口に手をあてて後ずさりしている。

何人かの旅客が立ち上がってトイレを覗き込んでいる。客室乗務員たちも集まって来た。兼清もそれに紛れてトイレに近寄った。

客室乗務員越しにもそれがはっきりと見えた。

化粧台の鏡に一枚の紙がセロテープで貼られている。

さすがに兼清の顔が醜く歪んだ。

ボールペンで殴り書きしたような日本語の文章があった。

〈羽田空港に戻る理由は、一番奥のトイレの横にある乗務員用仮眠室で、スカイマーシャルという警察官が殺されたからだ。殺したのは空に棲みつく悪魔である。これまで謎とされてきた航空機事故はすべてその悪魔によって引き起こされてきた。悪魔はまだ飽き足らない。惨劇はまだまだ続く〉

「ここにもあった！」

旅客の声が聞こえた。急いで目を向けると、兼清の背後にあるＬ５ドア近くのトイレの前で、さきほど客室乗務員が手にしていた紙と同じような物を中年の男性が掲げていた。大きなざわめきがキャビンに広がってゆく。旅客たちが二つのトイレに集まってくる。そのうち、客室乗務員を責める旅客たちの怒声が沸き起こった。

「ここに書かれているのは本当ですか？」

「なぜ隠していた！」

「説明してくれ！」

機内は収拾がつかない状態となった。

ファーストクラスの向こうで、立花咲来がＬ１ドアのハンドセットで話し込んでいるのを幸運にも見通すことができた。機長と協議しているのだろうと兼清は想像した。

兼清の周りでも好奇心に誘われたのか、エコノミークラスの旅客たちがビジネスクラスゾーンのトイレに集まってきた。

「皆様、どうかお席にお戻りください。状況につきましては機長から、間もなく説明申し上げます」

咲来の冷静で穏やかなアナウンスが機内に流れた。

兼清は、マズい！　と思った。これは、明らかに《ＱＵＥＥＮ》が陽動を仕掛けてきたのだ。ということは、ついに行動を起こす気なのだ。

　さっきよりも大きな叫び声が聞こえた。兼清の座席からすぐの位置にある、右側の通路のR5ドア近くからだとすぐに分かった。だがうろついている旅客たちでそこを見通せなかった。

　兼清は嫌な予感がした。今、抱いている感覚は、矢島班長を発見した時と同じものだったからだ。

　兼清は足早に接近した。

「これ！　これ！」

　床に尻餅（しりもち）をついた女性はそう声を上げて床を指さしている。

　悪い予感は当たった。

　成人男性が仰向けで倒れ込んでいる。それも目をカッと見開いた状態で、しかも首が歪（いびつ）に曲がっていた。

　兼清は一瞬で、絶命していると理解した。

「さっき、そのトイレから言い争うような声が聞こえたの！」

　エコノミークラスの後部座席から立ち上がった中年女性の旅客が声を上げた。中年女性はさらに何事かを言おうとした。だが、その隣で、女性の娘らしい若い女性が、余計なことは言わないで、と諭すような表情を向けて激しく頭を振った。しかし兼清はその中年女性の視線を追っていた。そこには一人の男が座っていた——。

「それで何かを見ましたか？」

そう声をかけたのは慌ててやってきた立花咲来だった。その顔にはさすがに笑顔はなかった。

「オレは見たぞ、っていう言葉は聞こえましたが……その人については、さっきの騒ぎで何人もの人が立たれていたんで……よくは見えなくて……」

女性は口ごもった。

「ここで何かを目撃された方はいらっしゃいませんか？」

咲来が辺りを見回しながら言った。

だが誰も声を上げる者はいなかった。

その場にしゃがみ込んだ兼清は、手を伸ばして男の脈を測り、呼吸を確認した。やはり心肺機能が停止している。

兼清は男の顔を見下ろした。自分なりの見分を始めた兼清が見つけたのは、後頭部にある微かな出血だった。さらに、男の頭から一・七メートルほど上の、R5ドアのハンドセットが収納された機材の端に赤い小さな染みを見つけた。兼清はそっと指で触れてみた。血痕だろうと思った。それもまだ新しい——。

死因はもちろん司法解剖でしか明らかにできない。しかし、ハンドセットが収納された機材の端に残る血痕と後頭部の出血からある光景を兼清は想像した。

　何らかの衝撃で男は、この機材の端に激しく後頭部をぶつけた。そして外傷性くも膜下出血もしくは硬膜下出血を起こして死に至った。それも、状況から見て、自ら足を滑らせての事故とは思えない——。

　兼清が決定的だと思ったのは、男の右手の掌(てのひら)の中に十数本の髪の毛が握り締められていたことだ。襲われた時、思わず相手の髪を摑んだ、と考えるのが合理性があると思った。

「殺しだ」

　兼清は立花咲来の耳元で囁いた。辺りには何人もの人がいて、多少の会話をしても自分は目立たないだろうと思った。

「これが脅迫状に書かれていた〝さらなる血が流れる〟の意味？……」

　咲来が小声で訊いた。

「結論付けるのは早い」

　そう答えながらも、《QUEEN》による陽動が行われた可能性については、内心、否定していなかった。

「この男性に見覚えは？」

兼清が訊いてきた。

「確か……エコノミークラスの前の方の、右通路側に近い座席にいらっしゃったお客様かと——」

咲来は〈PAX〉の記憶を辿った。

「後で調べて教えてくれ」

兼清からそう言われた直後、ハッとした表情となって本来の自分の役目に気づいた立花咲来が周りを見渡した。

「皆さん、どうかご自身のお座席にお戻りください」

取り囲む旅客たちを立花咲来はそれぞれの座席へと穏やかな口調で誘導していた時だった。

「ちょっと道を開けてください」

と言いながら一人の男が旅客たちを掻き分けるようにして咲来に近づいてきた。

咲来の前に立った男は、上着のポケットから取り出した警察手帳を開いて見せつけた。

「神奈川県警横浜中央署刑事課のタグチ警部補です」

年齢にして三十代半ばくらいか。緑色と黒色のラインが格子となったフランネルシャツに、ベージュのパンツというラフな格好ながら、お硬いお仕事のせいなのか、やはり身なりはきちんとしている感があった。

「休暇中で旅行に向かっていたんですがね。とにかく、ここは警察官として私が対応します」

そう言ってタグチは、倒れた男の傍らにしゃがみ込んだ。

しばらくの間、男のあちこちへ視線を送っていたタグチがすくっと立ち上がった。

「この男性はこのままここに――。着陸後の鑑識活動のため、このまま現場保存する」

「いえダメです。お客様をこのままにしておくことはできません」

そう毅然と言い切った咲来は、辺りを見回し、目についた客室乗務員を身振りで呼びつけた。そして細かい指示を出した後、ブランケットを倒れた男性の上からそっと被せた。

兼清は、タグチという刑事に身元をまだ明かすことはないな、と判断した。

タグチは、R5ドア付近の旅客からの事情聴取を開始している。それは刑事としての彼の仕事であり、自分の仕事とは違うからだ。

また拳銃の脅威のことも伝える必要性を感じなかった。しょせん丸腰のタグチが対処できるはずもないからだ。そして、兼清にとって一番重要だったのは、銃の脅威に対処するすべての戦術は自分だけしかできないということだった。余計な者は関与させたくなかった。はっきり言えば、タグチの存在は兼清にとって邪魔でしかなかった。

機内アナウンスが流れたのは約三分後のことだった。

「ご搭乗の皆様、操縦室からお知らせします。機長の牧本でございます」

牧本がつづけた。

「この度の状況についてあらためてご説明申し上げます。先ほどのアナウンスでは、引き返す理由として、重病患者の発生とお知らせをいたしましたが、皆様にご不安を与えたくないため事実の公表を控えておりましたことを深くお詫び申し上げます。実際に発生しましたことは、お客様の中でお二人の変死者の発生、ということでございます。死因につきましては着陸後、警察の捜査を待つしかございません」

旅客の中から幾つかの怒号が上がった。

「殺人事件が起こったとハッキリ言え！」

「その犯人がこの機内に、旅客に紛れているんだろ！」

その怒声が聞こえたのか、機長のアナウンスは一時、間を置いてからつづけられた。

「現在、様々な噂が立っておりますが、正確な現状を申し上げれば、お客様の安全には一切、影響がございません。どうか、着陸までの間、ごゆっくりお過ごしくださいませ。お飲み物や軽食をご要望の場合は、ご遠慮なく客室乗務員にお知らせください。尚、地上から先ほど入った連絡によりますと、さくら航空では現在、代替機の準備を急ピッチで行っておりまして、お客様には恙無(つつがな)く再搭乗して頂く予定でございます。今回は、私どもの不手際で皆様にご不安を与えましたこと、また引き返す事態になりましたこと、乗務員一同、重ねて深くお詫び申し上げます」

機長の最後の言葉に合わせて客室乗務員たちが深々と頭を下げた。

機長も客室乗務員たちも実に冷静でいると兼清は安堵した。

しかし、機長だけは大いなる腹決めをしているはずだ、と想像した。キャビンを混乱に陥らせ、航空保安に影響が出たこと、それを回避するためという大義名分があるにせよ、さらに嘘を重ねている。しかも拳銃の脅威まで隠したことは何らかの責任は回避できないと、兼清は機長の覚悟を忖度していた。

機長による機内アナウンスが終わっても、客室乗務員たちに向けられた旅客たちの怒りは収まらなかった。

旅客たちの多くの不満は、情報開示がきちんとなされていない、まだ何かを隠しているのではないか、というものだった。

そしてそのことに気がついたビジネスクラスの旅客が声を張り上げた。

「さっき、代替機へは速やかに乗れるって説明していたが、機内で事件があったのなら、取り調べってやつがあるんだろ？　だったら、私たちも長時間、足止めされることになる。

それは納得できない！　明日、重要なビジネスがある！　警察に言って、それは後日にさせろ！」

旅客たちの不満は益々エスカレートし、機長が直接キャビンまで来て説明しろという要求にまで高まった。

堪らず咲来はL1ドアのハンドセットを手にし機内アナウンスモードにして冷静な口調で話し始めた。

「皆様、チーフパーサーの立花でございます。皆様のお怒りはごもっともと存じます。当方の不手際を心からお詫びいたします。しかしながら、航空法の規定で、機長がコックピットから離脱することは厳しく禁止されております。何卒ご理解下さいませ」

咲来は滑舌良く言えたことに満足した。

しかし、拳銃の脅威があるから尚更、コックピットのドアを開けることは絶対にできない、という追加説明はもちろん口にはできなかった。

「そんな場合じゃないだろ！」

「二人も殺されているんだぞ！」

「あんた、ビビッてるから頭が回らないんだろ」

ファーストクラスやビジネスクラスの旅客のそれらの言葉に賛同する声がエコノミークラスのあちこちでも上がった。

　だが咲来は挑発に乗らなかった。

「不行き届きが重なっておりますことを心からお詫びいたします。ご要望がございましたら、どうかすべて私にお申し付けください。その都度、機長と相談して回答させて頂きます」

　最後のそのフレーズを思わず口にしてしまったことに、咲来は舌打ちしたい気分だった。

〝その都度〟という言葉は使ってはならなかった。

　そう言ってしまったことで、自分はこの瞬間から、旅客のクレーム対応という海の中に放り込まれてしまった。それに専念しなければならなくなったのである。

　しかし、咲来はあるアイデアを咄嗟に考えた。そしてそれをすぐに各クラスのパーサーに口頭で指示して回った。

　クレームの声が若干下火になったその間隙（かんげき）を縫うように、飲み物を満載したリカーカートやケイタリングを運ぶカートが、各クラスの先頭の通路に一斉に並んだ。

　咲来は再びＬ１ドアのハンドセットを口元に当てた。

「皆様、お知らせいたします。機体の降下開始時刻までの短いお時間ではございますが、これからプレミアムエコノミークラスとエコノミークラスのお客様にも高級ワインと高級日本酒、もしくはその他、ご満足頂ける御品のご提供をさせて頂きます。間もなく皆様のお座席近くに、客室乗務員がワゴンで運んで参ります。どうかお気軽にお声をおかけくださいませ」

機体後方で大きな歓声が広がり、キャビンは落ち着きを取り戻した。普通であれば、ファーストクラスやビジネスクラスの旅客から不満が出るところだが、事態を認識しているだろうから、それは避けられるはずだとの咲来の思惑があった。

そんな頃だった。兼清からグループチャットにメッセージが届けられた。兼清はその中で、旅客全員に、クレーム担当窓口の電話番号を書き込んだメモを配るよう提案してきた。

いや、それは事実上、命令だと咲来は溜息をついた。早い話、着陸後、まだ文句があったらここに電話しろ、というシロモノだ。

咲来は正直、怒りが込み上げた。なんでわざわざこんなことをさせられなければならないのか。それでなくともサービスに追われているメンバーにとって、二百人に配るとしたら大変な労力だ。窓口の担当者にしたって途轍もなく大変な仕事となる。

だがつづけて送られてきたメッセージには奇妙なことが書かれてあった。

〈P6だけには、電話番号だけでなく、以下の文章を書き込め。『もし緊急の場合は、客室乗務員がグループチャットで対応しますので、このIDでグループに入ってください』〉

さらにつづけて、不可思議な提案が書かれてあったが咲来は訳が分からなかった。

しかし最後にこう結ばれていたことに咲来は悔しくも心が動かされた。

〈立花さんしか頼る人はいない。どうかお願いします〉

咲来のアイデアに感心する一方で、兼清は緊張感が高まっていくのを自覚していた。

とにかくまだ、矢島班長を殺害して拳銃を奪った犯人がこの中にいる。脅威は依然として高いレベルで存在するのだ。

だが、自分が身分を明らかにして、全旅客の荷物と身体の検索を行うことに兼清はそれでもまだ慎重だった。犯人が暴発し、同時に旅客がパニックを起こして勝手な行動をすることで自分の作戦統制に大きく影響することはどうしても避けたかった。

ただ、スカイマーシャルの究極の任務であるコックピットの支配の阻止、それについてはその危険性はほとんどない。機長が極力出てこない上、ドアの防弾機能強化は昔とは比べものにならないし、たとえ人質をとった上でコックピットのドアを開けろ、と《QUEEN》が要求したところで完璧に対応できるよう想定を重ねてある。

しかし、奪った拳銃で〝ある特定の者〟を銃撃する脅威は、着陸までの間、常に存在するのだ。

兼清は大いなるジレンマの中で一人身構えた。

兼清は、R5ドア前で起きた出来事を北島隊長とのグループチャットで報告した。

だが、細かい状況を尋ねてきた北島が最後に送って来たのは、

〈最悪の事態を回避せよ〉

という励ましにもならない言葉だった。

それとなく隣席のソノダ・ユウカを観察しながら、スマートフォンの〈ＰＡＸ〉を使って、さきほどＲ５ドア近くで心肺停止状態で倒れていた男の氏名を、〈スズキ・イブキ〉だと兼清が確認した直後、咲来からグループチャットにアップがなされた。

〈矢島さん関連、メンバーの一人が、出発前に目撃していた情報を共有〉

というものだった。

兼清はそのグループチャットに入った。

〈堀内：ビジネスクラスのパーサー、堀内です。遅くなってすみません〉

〈兼清：目撃内容は？〉

〈咲来：出発前、別の搭乗口の搭乗待合室の隅で、コンドウさんご夫婦と、一人の男性との言い争いを目撃〉

〈兼清：それが矢島？〉

〈堀内：はい。遠くからでしたが間違いありません。その時、お話の一部が聞こえました。コンドウさん『あなたは責任をとる気持ちはないのか！』。怒鳴り声でした。奥さん『娘を殺したのはあなたです』。矢島さんに詰め寄っておられました〉

兼清は愕然とした。やはり、矢島班長と関係があったのだ——。
〈兼清：矢島は何と？〉
〈堀内：もう終わったこと、その言葉が聞こえました〉

機長による機内アナウンスは、多くのクレームを呼んだが、その一方で、思わぬ効果が現れたことを咲来は、認識することとなった。

咲来の元に、客室乗務員から次々と思ってもみない「報告メモ」が寄せられてきた。それらはすべて、機長のアナウンスやそれに対するクレームを聞いて急に不安になった旅客たちからの〝実はこんな怪しい会話、不審な行動を見た〟という密やかな申告を文字にしたものだった。

いずれも真偽は不明である。だが咲来は、これらの中に極めて重要な情報が含まれていると直感した。

咲来がそう思ったのは、「P6」に含まれている、コンドウ・タケルに関する情報があったからだ。

申告した旅客は、エコノミークラスのコンドウ・タケルの座席の後ろに座る赤いメガネをかけた女性とある。その女性は自身がトイレに立った時、近くにいた客室乗務員にそっ添付されていた。

と声をかけた。客室乗務員はその証言をメモに書き写し、それを接写した画像ファイルが添付されていた。

〈ついさきほどのことです。前に座っている男性が隣に座る奥さんと妙なことを話しているのを耳にしたんです。話は断片的なんですが、聴き取れたのは、『娘に酷いことをしやがったヤツへの思いも果たせた』、『もう思い残すことはない』、『自ら命を絶ったあの子の無念もこれで報われる』、『アイツを殺して復讐は終わった』……聞きとれた言葉はそんなことです〉

女性の目撃談は二枚目の画像ファイルに続いていた。

〈男性がそう話をしたその直後のことです。奥さんが声を抑えるようにして嗚咽を始めたんです。私は、ご夫婦の様子が奇妙で仕方がありませんでした。さきほどの機長さんは、はっきりとおっしゃらなかったけど、つまり殺人事件の可能性があるんでしょ？　でしたら、もしかすると、その〝ヤツ〟というのが被害者ならば、ご夫婦が関係があるかも……。一度、そのご夫婦を調べてみられればよろしいかと思います〉

グループチャットから顔を上げた咲来は息が止まった。

ヤジマ？　まさか矢島というスカイマーシャルのことか？　まさか、ご夫婦が復讐のために殺したというのか！　もしかして、矢島さんと、コンドウ夫妻の娘とは何か個人的な関係があったのなら——。

そしてそれらの間に何らかのトラブルが発生し、その娘さんはそれを苦にして自殺をしたとすれば――。

まさか……その復讐のためにコンドウ夫妻が矢島さんを殺したのか……。

もしそうなら計画的な犯行であったはずだ。〈ＰＡＸ〉で矢島さんの搭乗を確認するために水野清香を殺害し――。

しかしもしそうであるなら、矢島さんが、今日、乗ることをなぜ予想できたのか、という疑問が湧く。

もしかすると、コンドウ・タケルは、そもそも矢島さんが今日、さくら航空に搭乗することは知らなかった。だからここ数日間の矢島さんのスケジュールを知ろうと思った。ところが、〈ＰＡＸ〉から今日がその日だと分かった。だから慌ててチケットを買って――。ということは、まさか、水野さんを殺して、ＩＤカードを奪ってオペセンに侵入したのは――。

咲来の思考はそこで止まった。客室乗務員の一人が咲来に新たな報告を送って来たからだ。その報告メモの画像ファイルには、やはり「Ｐ６」に含まれているスミスに関する情報もあった。

客室乗務員にそれを伝えたのは、ビジネスクラスにいる二十代のカップルの男性の方で、空となったドリンク用の紙コップを客室乗務員に返す際、その中にメモが入っており、目配せでその存在を知らせてくれた。

〈オレの隣に座っている外国人、なんか不気味。三十分ほど前から、小型のバッグを胸に抱いたままそれを一時も離さないし、大きく目を見開いて、訳の分からないことをブツブツ――。それで、全身の筋肉、ハンパないし。コイツ、マジ、ヤバい。急いで調べた方がいいよ〉

咲来はそこまで読んだだけでも息が止まる思いとなった。

グループチャットで共有された画像ファイルの中にある情報の数々は、兼清にとって見過ごせないものばかりだった。

特に、コンドウ・タケルの妻との会話の内容を見たときは、全身に緊張感が走った。

グループチャットで共有された旅客たちの声は、もちろん、コンドウ・タケルとスミスに関するものだけではなかった。サイトウ・ヒロシとモリムラ・カナコに関する情報も存在していた。

まずサイトウ・ヒロシについての情報はこうだ。

〈とにかくさっきからうるさくて仕方がない！　コノヤロ！　機長のアナウンスに怒鳴りまくって、おかしいんじゃねえか！　とにかく様子が尋常じゃないこのオッサン！　はっ

きり言ってこのオッサン、絶対に何かをやらかす！　その前に拘束せよ！〉

一方、モリムラ・カナコに関する情報は奇妙なものだった。

〈これ本当の話です。食事の時になって初めて、隣に女性が座っていることに気づいた。本当にびっくりした。なぜか、と考えてみた。答えはそれしかなかった。彼女にはまったく存在感というものがないのだ。しかも、すぐにまた彼女のことを忘れていた。それで、さっきの機長のアナウンスで思い出して隣を見た。彼女がいた。でも、彼女は単におとなしくしているからそう感じたのかもしれない。ごめんなさい。何の関係もない話でした〉

兼清の隣席のソノダ・ユウカについてのものもあった。しかし、それらは、幽霊がそこにいる、とか、動物じゃないの？　など、ふざけた調子のものばかりである。

報告メモはグループチャットに続々と溢れてゆく。

疑心暗鬼となった旅客たちが、互いに無理矢理にでもアラを探すようになり、いわば〝タレ込み合戦〟になりつつあるのだ。

それと同時にキャビンが騒がしくなった。

ビジネスクラスから、客室乗務員に自分のことを密告した、と咎める声が聞こえた。別のところでは立ち上がった旅客の二人が激しく言い争う姿も見えた。

エコノミークラスの一部では、一人の年輩の男性が若い男の袖口を摑んで通路に引きずり出した。そして客室乗務員に向かって、「コイツが犯罪者だ！」と主張し始めた。

マズい！　と兼清は思った。

パニックが起こりつつある。いや、パニックというウイルスがキャビンに拡散し、どんどん感染者が広がってゆく――兼清はそんなイメージを抱いた。

せっかくの無料のドリンクサービスの提供が、マンパワー不足で滞り始めたことも苛立ちを増長させている、と兼清は感じた。

それは兼清が最も危惧していたことだった。旅客が勝手な行動をし始めた。兼清の作戦統制に重大な支障を来す事態が近づいている気がしていた。


旅客たちを落ち着かせるためにビジネスクラスへ応援で向かっていた咲来が、気配を感じてそこへ目をやると、神奈川県警のタグチがトイレ近くに立っており目配せをしていた。

若い客室乗務員に一時、そこを任せた咲来は、タグチに近づくと、トイレを待っている風にタグチの横に並んだ。

「さっき機長が話をしていた変死が、クルーバンクで起こったもので、しかも殺人事件の可能性があることをさきほど他の客室乗務員の方より聞きました」

咲来は特別な反応はしなかった。

「つまり、その犯人がこの機内にいるんでしょ？」

タグチが訊いた。

それでも咲来は応えなかった。

「これはもう重大かつ緊急事態です」

タグチがしたり顔で言った。

「おっしゃる通りです」

咲来は認めるしかなかった。

「どうです、ここは協力しあいませんか？」

タグチは、咲来の瞳を覗き込むようにして訊いた。

「協力？」

咲来は怪訝な表情を浮かべた。

「いえいえ、その現場を見て調べ物をしようとは思いません。だって、このヤマは警視庁のもの。それに、ここで私が成果を出したら警視庁の鼻を折ることになりますからね」

咲来は、タグチが何を言いたいのか分からなかった。

「その代わりと言ったらなんですが、私、いろいろ情報収集をして、その結果をすべて伝えますよ」

咲来が躊躇っているとタグチは勝手に話をつづけた。

「で、さっそくですが、あなたと連絡し合う手段を教えてください」

「それについては、機長に報告します。それからということでよろしいですか？」

タグチは頷いた。

「じゃあ、バーカウンターで待ってますので」

咲来がそこへ現れたのは間もなくのことだった。

「これが、我々、乗務員間のグループチャットのＩＤです。Ｗｉ－Ｆｉで入って頂ければ――」

咲来は、アルファベットと数字の羅列が書かれたメモをタグチの前のカウンターの上に置いた。

そのメモを素早くポケットに入れたタグチが咲来に顔を近づけて小声で言った。

「では私が、それとなく調べてみましょう。いえいえご心配はご無用。こっちが目をつけていることを悟られるような下手は打ちません。私も十年も刑事として無駄飯喰ってきたんじゃありませんので」

兼清は最も怖れていた光景を見つめることとなった。

通路に旅客が溢れ出して、ざわめいている。パニックの爆発が起きる瀬戸際だ、と兼清は思った。

「仮眠室にある変死体はスカイマーシャルだ！　殺されて拳銃が奪われた！」

大声が聞こえた。英語でも繰り返された。

その発言が女のものであることが兼清はすぐに分かった。だが、ざわめきのせいで、その女が誰なのかは分からなかった。しかし《ＱＵＥＥＮ》が陽動を再開したのだ。

兼清は、最初の陽動が仕掛けられた時のことを思い出した。あの直後、一人の旅客が変死したのである。

女の声？　それが兼清には引っ掛かった。水野清香が殺された時、ハウスキーパーが目撃したのも女性の体つきをした人物だった。

なら《ＱＵＥＥＮ》は女なのか？

とにかくその女の大声は、パニック爆発の信管となるには十分だった。

最初に反応したのは外国人の旅客たちだった。数人が座席から立ち上がるとオーバーアクションで客室乗務員に向かって、〝どうなっているんだ！〟と声を張り上げた。

それに旅客の中で一番多い日本人までもが呼応したものだから機内は収拾がつかなくなった。

立花咲来が何度もアナウンスをしている、だが、その声さえ喧噪で消し去られた。他の客室乗務員たちは為す術もなく立ち尽くしている。

「こんな物がまたトイレに貼り付けてあったぞ！」

ビジネスクラスの旅客が叫んだ。

「手書きで書かれている。読むぞ！　〝もう一人、スカイマーシャルが機内にいる。ここに連れて来い。そうすれば誰にも危害を加えない〟――以上だ。そのスカイマーシャルというのは誰だ！」

「スカイマーシャルはどこにいる！」

その言葉が何人もの旅客たちの口から連呼された。

またしても《QUEEN》の陽動だ、と兼清は理解した。

兼清はもちろん、《QUEEN》の陽動にむざむざと引っ掛かって名乗りを上げる気はさらさらなかった。

だが事態が悪い方向へ向かっていることは確実だった。

しかも兼清が最も重要に考えていた作戦統制も崩れつつあった。

つまり、多くの旅客を敵に回す格好となってしまったのだ。それはイコール、《QUEEN》への初期対応時、旅客たちから妨害される危険性を増すこととなった。

もし、《QUEEN》が最初からここまで想定しての行動であるのなら、拍手でもって褒め称(たた)えようと兼清は思った。さっきからの謎の叫び声やメモの張り出しによって行われた、クルーバンク、死体、拳銃などの事実の曝露(ばくろ)は、間違いなく《QUEEN》の陽動戦術であり、兼清の作戦統制は狂わされた。

その時、一瞬だけ、通路の先まで見通すことができた。

立花咲来が多くの旅客たちから詰め寄られている。

席を立った兼清は、最後部に移動してキャビン全体を見通せる位置で身構えた。そして「Ｐ６」のそれぞれの座席を意識しながら視界を広げた。

《ＱＵＥＥＮ》は「Ｐ６」のうちのいったい誰なのか？

「Ｐ６」の六人にはそれぞれ不審な点が多い。しかし一人に特定するだけの材料は依然として乏しかった。

《ＱＵＥＥＮ》はすでに二名もの人間の命を絶っている。いや、水野清香を加えれば三人だ。

兼清は、スズキ・イブキが殺されたとして、犯人の動機について考えてみた。

水野清香が殺されたのは〈さくら２１２便〉のターゲットである旅客の座席番号を知るためだったと考えるのが合理的である。しかし、矢島が殺害されたのは拳銃という武器を得るためだったかどうかは、まだ断定には至らない。

ただ、硬膜下出血など頭蓋(ずがい)内疾患に至らしめたスズキ・イブキは、クルーバンクでの犯行を目撃されたことで邪魔になり排除された可能性がある。兼清がそう考えた理由は、事件が起きる直前、旅客の一人である中年女性の、〝オレは見たぞ〟とある男が誰かに脅迫めいた言葉を使っていたのを聞いたという証言と、その時、中年女性が、そのある男、つまり〈スズキ・イブキ〉へ視線を向けていた姿を思い出したからだ。

その時、兼清はそのことに気づいた。それらの殺人は真のターゲットへ行動を起こすためのステップに過ぎなかったのではないか——。

《QUEEN》の真のターゲットとはいったい誰なのか？

「子供を連れたこの女、怪しいぞ！」

その声がエコノミークラスの右側の通路から聞こえたことで、嫌な予感がした。予感は当たった。女性の悲鳴と子供の泣き声が聞こえた。

兼清はすぐに目をやった。目撃したものは、泣き叫ぶ娘のリオと引き剝(は)がされそうになっている母親のヨシザワ・ミツキの絶叫だった。

「この女、さっき何かを隠した。きっと拳銃だ！」

ミツキの腕を摑んでいるメガネをかけた男が声を上げた。

「何言ってるんです！」

さすがに冷静な女性の旅客が前席にいて、男をミツキから引き剝がしてつづけた。

「このお二人はとっても仲のいい親子よ。あなた頭がおかしい！」

「じゃあ、さっき隠したものを見せてみろ！」

男の旅客がミツキに向けて怒鳴った。

ミツキの背後で娘は顔を引きつらせて体を震わせていた。

「ほら！　床に置いてあるバッグをこっちに見せろ！」

男はミツキを突き飛ばしてバッグへ手を伸ばした。

兼清は、もはや犯罪行為だ、と判断した。

男に接近した兼清は、その右足の親指部分だけを靴の上から思いっきり踏みつけた。

効果は抜群だった。男は悲鳴を上げてその場に転がった。近接格闘の基本中の基本だが男には効果的だった。

「何しやがるんだ！」

痛みを堪えながら立ち上がった男が兼清に摑みかかろうとした。だがその寸前、兼清はまったく身動きすることなく男の右手の小指だけを摑んでねじ曲げた。

男は、情けない声を上げてその場にしゃがみ込んだ。

「この親子は善良な旅客だ」

兼清はそう言って床に転がった男のメガネを拾い上げた。

「元の席へ戻れ」

兼清はメガネを男の上に放り投げた。

本来であるのなら、この男にはチーフパーサーの立花咲来から『警告書Ⅰ』が提示され、《う～う～う～》として登録される。

そして、さくら航空に乗ったならば死ぬまで警戒対象となってすべての客室乗務員たちから厳しい視線を向けられるのだ。

だが、この混乱の中では立花咲来にはその役目を果たす余裕はないだろう。

ただ、ミツキがケガをしているのなら話は別だ。咲来を介してさっきのタグチという刑事に言って事件認知を宣言させ、傷害罪の現行犯で緊急逮捕をさせるつもりだった。

兼清はヨシザワ・ミツキに視線をやった。

ミツキは、娘の小さな体をぎゅっと力強く抱き締めていた。

「どこかにケガをしていないか？」

兼清が声をかけた。

飛び上がるようにして振り返ったミツキは、乱れた髪を急いで整えながら頭を振った。

「ありがとうございました。大丈夫です」

満足そうに頷いた兼清は、リオに視線をやった。

「リオちゃん、どこか痛くない？」

優しく声をかけた。

子供の名前を呼ばれたことに、ミツキは驚いた表情で兼清を見つめた。

「いや、さっきね、客室乗務員さんに、かわいい子がいるねって言ったら、リオちゃんとおっしゃるらしいですよ、と言われたもんで――」

兼清は苦しい言い訳をしながら、床に落ちたミツキのバッグを拾い上げた。その時、バッグの中からはみ出していたカードらしきものが目に止まった。それはリオの国民健康保険証だった。

〈鈴木璃緒〉

氏名の欄にはそう記入されていた。

スズキ？　ミツキの子供じゃない？　それとも夫婦間で何か事情があって？

それよりも兼清はあることに気づいた。後頭部を打ち付けられて殺された男の苗字も確か、スズキ……。

いや、考え過ぎだ、と兼清は思い直した。スズキという苗字は、日本では有りふれたものだ。

ミツキが、兼清が手にしたバッグを強引に引き寄せた。

そしてすぐにもう一度、リオの体を、今度は優しく抱き寄せた。

「ごめんね、リオ、もっと用心しないとね」

「悪い人はいっぱいいるからね。あの人みたいに」

幼い声が兼清にも聞こえた。〝あの人〟という言葉を詮索するのは余計なことだと兼清は理解した。

再び兼清は急いで機内を見渡した。

依然としてキャビンは騒然としている。客室乗務員たちは、拳銃の存在について説明を求められていた。

スカイマーシャルを出せ！　という怒声もまだ続いている。

この混乱に乗じて、いや《QUEEN》はこのカオス状態を創出したのだ！　だからこそ奴はターゲットを必ず襲撃する——その確信があった。

第3章　対抛

もはや行動すべきだ、と兼清は決心した。「P6」を後部座席の一角に集め、荷物検索と身体検索を一斉に実施するのだ。

兼清はすぐに立花咲来と連絡を取り、客室乗務員を集めるように伝えた。

兼清はハッとして通路を挟んで斜め向こうの座席へ視線を送った。〝透明人間〟、モリムラ・カナコの姿がそこになかった。

突然、一段と大きな怒号が聞こえた。

音の方へ目をやると、ビジネスクラスの右側の通路付近で、客室乗務員の末永早苗と一人の旅客の男が言い合っていた。男は、末永早苗が手にしている紙らしき物を奪い取ろうとしていた。

「これって、またトイレに貼り付けてあったやつなんだろ！　何で隠すんだ！　見せろ！」

とうとう末永早苗が怯んだ隙に、男はそれをかっさらって大声で読み上げ始めた。

〈スカイマーシャルの座席は、エコノミークラス、《42列C》！〉

大勢の旅客たちの視線が兼清に注がれた、と同時に機内が静まり返った。

ビジネスクラスの方向で乾いた音がした。兼清はそれが銃声音だと認識した。

ビジネスクラスの中程から女性の悲鳴が上がって、周りの旅客たちが放射状に一斉に逃げ惑った。

兼清は反射的に駆け出した。エコノミークラスの通路を一気に駆け抜け、プレミアムエコノミーでは旅客たちを掻き分け、ビジネスクラスに足を踏み入れたその時、前方から席を立ち上がった数人の旅客たちが襲ってきた。

「こいつがスカイマーシャルだぞ！　そう言えばこの野郎、さっき、男を一発でやっつけた奴だ。突き出せ！」

兼清は旅客たちの手から逃れながら、空席が広がるところまで何とか辿り着いた。

ドア付き個室タイプの座席を覗き込んだ兼清の目に飛び込んだのは、額の真ん中に銃弾を撃ち込まれた外国人の男の姿だった。出血量は少ない。ただ血液の一部が隣席まで飛んでいた。そこは、背もたれのボックスにページが捲られた雑誌とメガネが差し込まれたままだが、トイレにでも行っているのか、空席だった。

こいつが《QUEEN》のターゲットか⁉

兼清は咄嗟に顔を上げ、そこに貼られている座席番号から、ここが《10列C》であることを記憶に入れた。

兼清は、前方のファーストクラスや背後から押し寄せてくる旅客たちへ叫んだ。

「撃たれる！　ここから離れろ！」

兼清は上着の内ポケットから取り出した、英語表記のスカイマーシャル章を掲げ、辺りに向けて見せつけた。

「警視庁のスカイマーシャルだ！　今、発砲事案が発生した！　犯人はまだどこかにいる！　全員、エコノミークラスまで背を低くして退避しろ！　ファーストクラスもだ！」

もはや身分を明らかにしなければならなかった。

兼清を睨み付けていた旅客たちも慌てて後ろへ向けて逃げ出した。

兼清は、事態対処の規定通り、被害者救助よりも脅威の排除を優先した。

座席の背もたれを遮蔽にして、低い姿で身構えた兼清は強く意識した。

《ＱＵＥＥＮ》は、最後のトドメとして、スカイマーシャルの存在を明かし、この究極とも言えるカオス状態を創出したのだ！

《ＱＵＥＥＮ》が動く！　兼清はそう確信した。

兼清は、銃を構えた犯人が突然出現しても、一秒以内で照準して射撃し、小脳の破壊を意識した部位に集弾することが可能だった。ＳＩＧＰ２２６はダブルアクションなので普通は一瞬のタイミングでの精密射撃は困難を極める。だが、さきほどトイレでハーフコック状態にしていたので瞬時に射撃可能な状態だった。そもそも兼清は、ハイレベルでの訓練を積み重ねた結果、ダブルアクションであってもシングルアクションのごとく瞬時に精密射撃ができるだけの極めて高度な技能を身につけていた。

重要なのは《ＱＵＥＥＮ》との距離であり位置だ。

自らが決めている射撃能力を百パーセント発揮できる距離の圏外であれば瞬間的に走り込んで距離を詰める。銃線に障害物があれば一瞬で移動して《ＱＵＥＥＮ》までの銃線のビジュアルをクリアーにする——。

背後で靴音がした。

兼清は一瞬でＳＩＧＰ２２６を抜き出しながら素早く体を回転させ、胸の前でハイサムグリップにした両手で銃把を均等な力で包み込み、胸の前から両腕が二等辺三角形になることを意識しながら、すっと前に突き出した。銃姿勢は前傾、肘は曲げるという不細工な格好でアイソセレススタンス——そこまでゼロコンマ一秒もかからなかった。

だが、兼清が銃口を向けて照準したのは、ビジネスクラスのパーサーである堀内綾乃だった。

顔を引きつらせた堀内綾乃は、その場に立ち尽くした。

拳銃をストレートダウンにして堀内綾乃から照準を外した兼清は、キャビン全体を見渡した。兼清は五感を研ぎ澄ませた。気になる音はなかった。さっきまでの怒号や喧噪は消え失せていた。キャビンは静まりかえっている。航空機のエンジン音がその静けさをより一層、引き立てているように兼清は思えた。

一瞬で据銃して射撃ができるストレートダウンの銃姿勢を維持したまま兼清は思考を巡らせた。

エコノミークラスまで避難させた旅客との距離は約十五メートルと兼清は目算した。

その途中のどこかに《ＱＵＥＥＮ》が紛れ込んでいないとは確信できない。座席、ギャレー、トイレ、さらにバーカウンターの中に《QUEEN》が潜んでいる可能性が排除できないからだ。特に、ビジネスクラスはすべてドア付き個室という座席である。身を隠す余地は十分にある。だから旅客全員を検索するには新たな戦術を考える必要があった。

戦術？　兼清は自分の頭の中に浮かんだその言葉に呆れるしかなかった。二百十三人プラス複数の検索対象――特殊部隊でも最低、四名の要員が必要なオペレーションである。それをたった一人でやろうとしている哀れな自分を褒め称えた。

兼清がまず決めた戦術は、脅威度が低いと考えられるエリアからの検索を行うことだ。

兼清は銃口をストレートダウンにしたまま、ゆっくりと後ずさりし、ファーストクラスに入ると素早くそのエリアを検索した。

途中で客室乗務員専用の座席に座って緊張した面持ちでいる咲来の姿が一瞬目に入った。立花咲来は、若い客室乗務員たちに声をかけたりと気丈に振る舞っている。だがそこまでだった。意思の疎通をしている余裕はなかった。

日本家屋の引き戸をイメージさせるファーストクラスのドア付きタイプの重厚な座席を一つ一つチェックした兼清は、つづけて二つのトイレと三カ所のギャレーの中へ果敢に突入した。

機体後方への銃姿勢を再び維持しながら兼清は、《10列C》の前にようやく戻った。

兼清は、片手でSIGP226をストレートダウンに維持したまま男の額にある射入口を観察した。

この男も、矢島と同じく、接射か近射が実行されたことを確認した。

しかも、挫滅輪(ざめつりん)は完全な球形をしている。

弾丸が射入し皮膚を突き破る時、射入口の周囲の皮下組織を挫滅するために生じるという輪状の損傷から、皮膚に対して垂直に銃弾が射入されていることも分かった。

上着を捲った時だった。兼清は思わず絶句した。

内ポケットの傍らにピンで留められたそのバッジが目に止まった。

深い紫色の丸いバッジの中央部に〈ＦＢＩ　ＰＯＬＩＣＥ〉という英語文字がはっきりと見て取れた。

アメリカ航空保安局に属する法執行訓練センターでの研修期間中、ＦＢＩ（連邦捜査局）の実働トレーニングにも参加した兼清はその名称を聞いたことがあった。〈ＦＢＩ　ＰＯＬＩＣＥ〉とは、主に重要人物の個人警護を主な任務とするＦＢＩの重要部門である。ＦＢＩというところは、任務中は自分がＦＢＩの一員だと分かるものを常に表に身につけている。ＦＢＩと大きなロゴが入ったジャンパーは有名だが、このバッジも、任務中ならば公共の場では必ず付ける。その理由は、同志討ちを避けるためだ、とＦＢＩでのトレーニングで聞かされたことを兼清は思い出した。上着の内側にしているというのは、任務中ではないことを物語っていた。

ただ、それでもFBIのエージェントが殺されたという事実は、事件を根底から覆すような事態だと兼清は認識せざるを得なかった。

兼清の脳裡に、水野清香の殺害から始まった一連の連続殺人の犯人像として、国際犯罪組織や国際麻薬組織といったイメージが浮かんだ。

つまり、自分が対処しなければならない相手はプロだ、と兼清は悟った。そして被害者はまだ増えると判断した。兼清は強硬手段に出ることを決意し、チーフパーサーの立花咲来を近くのハンドセットを使って再び呼び出した。

だが立花咲来は予想外にも兼清の依頼を拒絶した。

「あと約二十分で、降下態勢に入り、シートベルトの着用を求める機内アナウンスを始めます。そんな時間はありません」

「現下の情勢は、安全規定なんて言っている場合じゃない」

兼清が反論した。

「警察権はあなたにありますが、旅客の安全を図るのはチーフパーサーである私の責任です」

立花咲来は引かなかった。

「十分で済ます」

「いえそれでも——」

「全員を椅子（いす）に座らせ、シートベルトを締めさせる」

「しかし、移動する時には――」

「自分が支える」

兼清は立花咲来の瞳（ひとみ）をじっと見つめた。

根負けしたように立花咲来は小さく頷（うなず）いた。


立花咲来を強引にねじ伏せて、協力させることにも同意させた。

プレミアムエコノミーに集めた「Ｐ６」の中から、一人ずつ、ビジネスクラスにいる兼清の近くに呼び出すことにした。間合いをとって観察する兼清は、ＳＩＧＰ２２６をストレートダウンにした銃姿勢は解除しなかった。

「皆さんには申し訳ないと思う。しかし、一人でも多く、犯人の疑いから除外したいがためである。では、これから、身体と荷物の検索を行いたい。どうか協力して欲しい」

捜索令状のない状況下ではそういう言葉でしか説得できなかった。

「最初のグループに私が選ばれた理由は何だ？」

一番手で呼ばれたスミスは真っ先に英語でそう言い放った。

「無作為抽出だ」

兼清はそう誤魔化（ごまか）して英語で返した。

「何を隠した！」

そう叫んだのは、協力を依頼していた神奈川県警のタグチだった。

タグチは、スミスが抱えているバッグを奪おうとしている。

「どうした？」

兼清が慎重に声をかけた。

「こいつが、このバッグを座席の下に隠そうとしたんで——」

ついに強引に奪ったバッグをタグチは兼清の前で開けてみた。

兼清は一発で分かった。拳銃の弾倉である。矢島班長が所持していたものだ。二十発の弾は残っていた。

「違う！　違うんだ！」

「何が違うって言うんだ！」

タグチが追及した。

「いつの間にか入っていたんだ、私のバッグに。でも捨てる場所に困って……」

「嘘をつくのならもっとまともな嘘をつけ」

タグチが吐き捨てた。

「座席の中で、ずっと落ち着きがなかったって証言がある。何かをやらかそうとして緊張していたんだろう！」

スミスを後ろ手に締め上げたタグチは、全身の検索を行った上でそのまま近くの空席に強引に座らせた。

「上着の内ポケットを見てくれ！　ダイヤの指輪が入った箱がある！　明後日（あさって）、オレはプロポーズするんだ！　だからどんな言葉でキメようか、それぱっかり考えていて緊張していただけなんだ！」

「ふうん」

タグチがそう関心もなさそうに言った。

「十年越しの彼女さ！　つまりオレは幸せ絶頂！　そんな男が犯罪なんてするわけないだろ！　それに、アメリカ陸軍を辞めて、キャンプハンセンから出てきたばっかりで、大それたことを考える余裕もない！」

兼清は、〝キャンプハンセン〟について知っていることがあった。一度、ＣＱＣのトレーニングに行ったその基地には、アメリカ陸軍特殊作戦群、つまり通称、グリーンベレーとして知られる強者たちの極秘のユニットがある。ＣＱＣに特化したチームが存在するのだ。

兼清は、このスミスという男を最優先で警戒すべきだと確信した。スミスの射撃とＣＱＣの能力が自分と同じレベル、もしくはそれ以上の可能性があるからだ。

スミスが《ＱＵＥＥＮ》であるとの確証はなかった。しかし、何より弾倉についての説明は完全には納得ができないからだ。

それからも「P6」の残り五人に対する検索が素早く行われたが、兼清が満足できるものはなかった。最後に「P6」に加えられた、ソノダ・ユウカも、ボソボソとした小さな声しか発せず、ずっと項垂(うなだ)れたままだった。

ヨシザワ・ミツキが調べを受けている間、彼女の膝(ひざ)の上に静かに座っていたリオは不安げな表情を兼清にずっと向けていた。

スミス以外の五人をエコノミークラスに戻した兼清は、SIGP226をホルスターに戻した。そして、旅客たちをエコノミークラスに避難させたまま、ビジネスクラスの個室風座席のパーテーションに体をもたせながら深い思考に入った。

とにかく拳銃が見つからない——。

たとえスミスが殺人犯であったとしても、タグチとは違い、彼が犯人かどうかに兼清は何ら関心がなかった。

拳銃本体を発見することだけに意識が集中していた。

「P6」のいずれかがここに来るまでにどこかに隠匿した可能性も考えた。しかし、その可能性をいちいち追及すればするほど収拾がつかなくなることに兼清は気づいた。

いったい拳銃は誰(だれ)が持っているのか。

矢島班長、スズキ・イブキ、そして《10列C》の男——それら三人を殺害しその拳銃をどこか別の場所に隠し持っているのはやはりスミスなのか、それとも「P6」の中の他の誰かなのか――。

「P6」の三人の女性たちも、外見のイメージを考えれば除外することもあり得るだろうが、兼清は外さなかった。

また、ヨシザワ・ミツキにしても、客室乗務員の一人によれば、矢島班長の視線を避けるようにする姿を何度か目にしていたという情報を今し方、グループチャットの中で兼清は見つけていた。しかも、時折、矢島の背中に向かって激しく顔を歪めて睨み付ける表情をした上でのことだという。

ただ、その目撃証言だけで、矢島班長殺害を結論づけるのは余りにも強引で根拠薄弱である。また、娘にあんなに優しく温和な表情をしている母親のイメージと、銃殺というそれとが相当かけ離れているという見方もあっておかしくない。

だが、もし、矢島班長殺害の犯行の動機が、子供を愛するがためのものだったとすれば話は違うはずだ、と兼清は確信していた。

亡くなった志織にしても、若葉がまだ四歳の頃に、横断歩道で轢かれそうになった時、反射的に道路に身を投げ出して助けた。あと一秒遅かったら、娘に手が届く前に妻は車に撥ねられていた。子供を守るための母親の力や心には限界はないのだ。

モリムラ・カナコにしてもそうだ。やはりあの〝狩猟者の眼〟だ。兼清は気になって仕方がなかった。

そして兼清の隣席の女性、ソノダ・ユウカに至っては訳が分からない。まったく捉えどころがないのだ。

女性ではないが、サイトウ・ヒロシは最初から要注意人物だと兼清は最も警戒していた。

本来なら《う～う～う～》というレベルは兼清のようなスカイマーシャルにとっては〝雑魚〟である。しかしサイトウ・ヒロシの雰囲気が異様だった。ずっと苛立っていて落ち着かない。その姿はまるでハリネズミのようだ、と兼清は感じていた。なにか一触即発、といった雰囲気を醸し出しているのだ。

しかしいずれにしても、荷物と身体の検索を行ったにもかかわらず、拳銃は発見できなかった。つまり物理的に、今の脅威を排除することは不可能となったことを兼清は悟った。

しかし兼清は諦めなかった。《QUEEN》の犯行が終わった、と確信できない以上、拳銃の脅威を完全に排除しなければならないのだ。

兼清にはその方法が実は分かっていた。

水野清香が殺されたという情報を咲来から知らされて以来、体の奥深くでずっと模索していた、様々な謎について考察することである。その謎を解くことこそ、事件の全貌を明らかにするカギであり、拳銃の在処へと繋がっている、と兼清はあらためて確信することとなった。

数々の謎(なぞ)の中で、兼清が最も注目したのは、そもそもの原点に戻ることだった。

つまり、矢島班長はなぜ、クルーバンクへ行く必要があり、なぜ易々(やすやす)と殺されたのか、その謎だ。

これまで、自分が目にしたもの、耳にしたこと、立花咲来たちとのグループチャットで共有されたこと、それらの記憶の中で、その謎に繋がる端緒を兼清は探し求め始めた。

様々な記憶の中で、兼清は、ふとあることに注目した。

深沢由香利という客室乗務員のことだ。

そもそも、「Ｐ６」の情報は、彼女の目撃証言に基づいている。

それの作成当時、兼清は、こう考えたことを思い出した。

〝ただ、あくまでも深沢という客室乗務員が見落とした旅客がいなかった、という前提ではある〟

兼清は、深沢由香利の目撃証言を検証する努力を怠っていたことに今さらながら気がついた。最も重要な、いや決定的な彼女の証言の詳細を分析することすら忘れていたのだ。

違う、と兼清は思った。正確に言えば、それらを考える余裕がなかった。言い換えれば、考える余裕を与えてくれなかった。そうだ、《ＱＵＥＥＮ》は、次々とアクションを起こし、また陽動を繰り返すことで、その対応に追われつづけるようにさせ、冷静に物事を分析することを邪魔したのだ。

兼清はさらに、グループチャットで共有された、咲来のあのメッセージが脳裡に蘇(よみがえ)った。

ソノダ・ユウカをリストに加える、と立花咲来が知らせて来た時のことだ。

〝以下の情報を共有。問題の時間帯、当該のトイレへ近づいた旅客一名を追加。メンバーどうしのコミュニケーション不足をお詫(わ)びします〟

その〝メンバーどうしのコミュニケーション不足〟とはいったい何があったのか。

兼清の脳裡にさらに浮かんだ記憶があった。

一番最初、立花咲来が、まず五人の旅客について知らせて来た時のあのメッセージだ。

〝情報は末永Pより報告〟

深沢由香利の情報は、エコノミークラスの客室乗務員を管理する、パーサーの末永早苗を通じて行われたのである。咲来が指摘した〝メンバーどうしのコミュニケーション不足〟とは、末永早苗と深沢由香利との間でのこととしか考えられない。

恐らく、その〝コミュニケーション不足〟は今に始まったことではないのだろう。それも、前々からの根の深い部分に、二人の確執があるのではないか。確執があれば、微妙な部分でも意思の疎通が阻害される可能性がある。つまり互いに言葉がひと言足りなくなるケースのことだ。

ということは、深沢由香利は、末永早苗にまだ伝えていないことがあるのではないか。

意図的でなくとも、微妙な感情の揺れで、深沢由香利が伝えきれなかったこと、躊躇(ちゅうちょ)したことがあったのではないか。たとえば、深沢由香利が末永早苗に対し、ここまであんな人に報告しなくてもいいよね、などと勝手に思って――。もしそうであれば、自分はこの中に潜む「Ｐ６」以外の〝真の犯人〟を見落としている可能性があるのだ。

兼清は急いでスマートフォンを握った。もちろん咲来と連絡を取るためだ。

突然だった。エコノミークラス方向から幾つか声が上がり、兼清の思考は一旦、停止した。

それらの声の内容はすべて、お前がすぐに出てこないから殺されたんだ！　という自分への抗議だ、と兼清はすぐに理解した。

その声は益々大きくなり、ついには、〝拳銃を置け〟〝これ以上、私たちが犠牲になるのはごめんだ！〟という声まで上がり、〝お前が犯人に殺されろ！〟という言葉まで投げつけられた。

兼清はすべてを無視した。

コイツらは、自分たちが置かれた状況をまったく理解していない。《ＱＵＥＥＮ》はまだ拳銃を持っている。下手な動きをすれば、それを脅威と感じた《ＱＵＥＥＮ》に撃たれる危険性が常にあるのだ。

しかしエコノミークラスに押し込まれた旅客たちは、さっきの喧噪を上回るほど騒ぎを大きくし始めた。しかも彼らの怒りの矛先は、犯人にではなく、益々自分へと向かっている。

兼清は、《ＱＵＥＥＮ》が旅客たちをマインドコントロールして操り、扇動していることを想像した。

兼清の耳に地鳴りのような響きが聞こえたのは、その時だった。

急いで振り返るとエコノミークラスにいた旅客たちが一斉に兼清を目指して歩いてくる。

しかも誰もが無言で、兼清に向けられた目には怪しげな光がある――。

もはや押し止めようもない、と兼清は思った。集団心理にスイッチが入り、マインドコントロールに理性が包囲されてしまっていることを兼清は想像した。

兼清は取るべき手段が一つしかないことを悟った。

乗務員たちとのグループチャットに、安全な位置に大至急、避難するように急いで書き込んでから、すぐにＳＩＧＰ２２６を据銃した兼清は、空いたビジネスクラスの座席に向かって、跳弾を計算して一発射撃した。響き渡る激しい音とともに、大量の破片が辺りに飛び散った。それによって意識を覚醒させたのか、旅客たちの足が止まった。ビジネスクラスの高価な座席を破壊したことにもちろん後悔などあるはずもなかった。どうせ賠償費を払うのは自分ではない。組織なのだ。

「お客様に申し上げます」

兼清が依頼した通りのアナウンスが始まった。

「皆様にお知らせします。当機は間もなく着陸態勢に入ります。お席にお戻りになり、シートベルトをしっかりとお締めください。また、座席の背もたれ、テーブル、足置き、個人用画面、コントローラーを元の位置にお戻しください」

大半の旅客たちは呆然（ぼうぜん）と突っ立っていた。

立花咲来のアナウンスは続いた。

「皆様！　あと十分で無事に着陸です！　到着後、サテライトのラウンジでスペシャルなお飲み物をご用意しております！　ご期待ください！」

絶妙なアナウンスだと兼清は感心した。本当は、着陸態勢に入るまではまだ五分あった。しかし、今の状況は、乗客をミスリードするインフォメーションが必要だった。

旅客たちは悪夢から目覚めたように慌てて自分の席へ戻って行った。

エコノミークラスに足を向けた兼清は、旅客たちをそれぞれの座席に誘導している末永早苗に声をかけた。

「深沢さんはどこに？」

「お客様のお世話を近くでしていると思います。すみません、探してください」

末永早苗は面倒くさそうにそう言ったきり、兼清を振り返ろうともしなかった。

兼清は、エコノミークラスの客の間に深沢由香利を見つけた。駆け寄った兼清に、旅客の対応に追われる彼女は目を合わせる余裕もなさそうだった。

「あなたが目撃した旅客は、本当に六人だけだったのか?」

「ええ、そうです」

ぶっきらぼうに応えた深沢由香利は、年配の女性の肩を抱いて座席にゆっくりと座らせていた。

「最初、五人の旅客と言ったのに、後から、実は六人だったと訂正してきたじゃないか。だからまだいるんじゃないか、目撃した人物が――」

兼清の言葉に、深沢由香利は応えなかった。

「あやふやだから、言うことを憚っている、そんなことがあったんじゃないのか?」

「分かりました。もし思い出したらチーフに伝えます」

それでも食い下がろうとした時、ピンポン音が鳴り響いた。

兼清は腕時計を見つめた。

実際の着陸態勢に入るのだ。

兼清は、着席する前にやるべきことがあった。

スマートフォンの電話機能を使っての音声で、立花咲来に特別な許可を願い出た。降下を開始してもこのまま座席には戻らず、全体を見渡せる位置で見張りに立つことを。もちろん安全のため何かに体を固定した上で――。

航空保安に関することは兼清に機長の権限が委譲されたが、身体の安全についての規定はチーフパーサーの権限となっているからだ。

　とにかく、まだ脅威はまったく去っていない。同じレベルだ。

《QUEEN》が目的を達成して、事件が終わったとの判断もできない。拳銃を持った《QUEEN》はまだどこかに存在することには違いないのだ。

　しかもFBIのエージェントが殺されたということの重みは大きかった。《QUEEN》のターゲットはこの男だったのか——。

「その件については機長とも相談の上——」

　咲来がそこまで言った時のことだった。

「ちょっと待ってください。メンバー（客室乗務員）の一人から報告が入りました」

　しばらくして咲来が説明を始めた。

「グリーン（兼清）からご依頼があった、さきほどの被害者《10列C》の旅客データです。遅くなりましてすみません」

「何か特異なことが？」

　兼清が急かした。

「実はこの方、お名前をダニエル・ファーガソンさんとおっしゃるんですが、国土交通省からの指示によって、〈PAX〉にはこの方に関するデータのすべてを載せていません。よって、ご職業やご年齢は分かりません」

咲来はそう事情を説明した。

そうすると、このファーガソンという男の今回の搭乗は、極秘裏の作戦としての公務であった可能性があることになる。国土交通省は、日本の外務省か在日アメリカ大使館の依頼によって身元を隠したのだろうか。

本部外事３課での一年間の経験がある兼清は、ＦＢＩの研修で耳にした話から想像を逞しくしてみた。〈ＦＢＩ　ＰＯＬＩＣＥ〉は秘匿すべき対象の個人警護に就く時は、バッジを表から外し、不測事態にいつでも対処できるように上着の内側に留めておく——。〈ＦＢＩ　ＰＯＬＩＣＥ〉の男は、他の旅客の誰かを警護、つまり護衛していたのではないか。合理的な考えは、アメリカへ連れて行くためだろう。

兼清はハッとしてそのことにすぐに気づかなかった自分を罵った。

護衛されていた人物がターゲットであったと考える方が自然ではないか。その前に護衛役のファーガソンを排除したかった——。

つまり、事件はまだ終わってはいないのではないか。

その〝護衛されていた〟人物を大至急捜さなければならない。《ＱＵＥＥＮ》はさらにそいつを殺そうとしているのだ——。

「皆様、間もなく降下を開始いたします。どうかお座席にお戻りになりシートベルトを——」

咲来のアナウンスが流れた。

だが兼清はもちろん従うことはできなかった。

一旦、自分の席に戻った兼清は、急いで〈ＰＡＸ〉を使ってタグチの座席を確認した。

《31列Ａ》。兼清は顔を上げた。タグチの席はここから十一席も先、Ｌ４（エルフォー）ドア近くの、エコノミークラスの最前列の次の席だ。兼清からは見通せなかった。

突然、タグチがいる方向から女性の甲高い悲鳴が上がった。

「どうしました！」

客室乗務員らしき声が上がった。

「隣で、男の人が――」

英語が聞こえた。女性はつづけた。

「胸から血を流して息がありません！　さっき話をしていたら、タグチさんと言っていました。お仕事はポリスだと――」

ジャンプシートにいた客室乗務員がさすがに立ち上がって、駆け寄る様子が目に入った。

まさか、タグチまでもが殺された……。もしかするとタグチは自分が見落としていた〝真犯人〟の正体に近づき、そして――。

だがこれではっきりしたことがある。依然として《ＱＵＥＥＮ》はまだこの機内に存在するということだ。

その時、右側通路をビジネスクラス方向から猛烈な勢いで後方へ駆けて来る男が目に入った。

しかし顔貌が分からない。黒色のバラクラバ帽を頭からすっぽり被っていたからだ。体つきからは男に見えた。スミスのように筋肉質であったかどうかまでは分からなかった。

〝バラクラバ帽の男〟は、機体中央部にある、L3ドア近くのギャレーの中に駆け込んだ。

その動きを見て席から移動しようとした兼清が最初に感じたのは痛みではなかった。耳元での空気を切り裂く音だった。

軽い痛みが走った頰へ指をやった。指を見ると血がベッタリと付いていた。痛みが大きくなった。

通路を挟んだ隣席で、若い旅客の男が目と口を見開いて兼清の顔を指さしている。もう一度、指で触ると、数センチの切り口が開き、そこから血が流れていることに気づいた。

顔を歪めて首を曲げた時、目の前の背もたれの破片が飛び散った。

貫通せず当たった瞬間、砕け散った。それはSIGP226の銃弾である証拠だった。つまり兼清が必死で捜していた奪われたSIGP226だ！

こいつは「P6」の誰かなのか？　それとも自分がまだ把握していない〝真犯人〟なのか――兼清はまだその判断ができなかった。

兼清は席から急いで離れた。それは自分の身を守るためだけでなかった。他の旅客に当たることを避けたかったからだ。

兼清は後方、最後部にあるL5ドアの隣にあるギャレーの中に退避した。近くの旅客たちには身振りで身を伏せるように指示した。

兼清は今、気づいた。これが二発目だということを。さっき頬を裂いた銃弾こそ一発目だったのだ。つまりあと数センチずれていたら、というやつだ。

態勢を立て直してホルスターから抜いたSIG P226をストレートダウンにした兼清は、ビジュアルを確保するための場所に身を潜めた。兼清は上着の内ポケットから取り出した掌サイズのミラーをギャレーの壁の向こうにそっと差し出して射手を探した。

だが鏡に何も捉えることはできなかった。

連続する射撃音と同時に、ギャレーの外壁の素材が激しく飛び散った。

旅客たちの悲鳴が交錯する。

兼清は舌打ちした。相手のマズルフラッシュをまったく視認できないからだ。それができていれば射撃位置を確認できたはずだった。

兼清は、ここからの戦術を考えなければならなかった。

ただ、兼清には腑に落ちないことがあった。

《QUEEN》が自分を狙って、敢えて戦闘状態を作り出す目的とはいったい何なのか。

しかし今はそんなことを考える余裕はなかった。

ここで勝負を決める、と兼清は決心した。タイミングを決めて、〝バラクラバ帽の男〟がいるギャレーに突入するのだ。

トリガーワークの速度は相手を上回る自信はもちろんあった。しかも被弾する前に精密射撃にて一発で小脳を撃ち抜くことに何の不安もなかった。

残るはタイミングだけだ。相手の息づかいを聞き、肌で感じて突入のタイミングを摑むのだ。

だが〝バラクラバ帽の男〟は予想外の行動に出た。

ギャレーから飛び出た〝バラクラバ帽の男〟は、エコノミークラスへ走って来ると、ヨシザワ・ミツキの娘、リオがしているシートベルトをナイフで切り取ってそのまま彼女を無理矢理に奪った。

「ママ！　ママ！」

大声で泣き叫ぶリオを抱きかかえたまま、〝バラクラバ帽の男〟は周囲に向けて怒鳴った。

「エコノミーの全員、ここから前へ行け！」

拳銃を腹のベルトに差した〝バラクラバ帽の男〟は、ズボンのポケットから何か小さな物を取り出してリオの首筋に当てた。

目を凝らした兼清は、それが、鋭い刃先を持つ缶詰のオープナーであることが分かった。

ギャレーから密かに奪ったものだろう。本来は、どの航空会社でもハイジャックマニュアルに、真っ先に隠せ、と規定している、凶器となり得る物だ。

「リオ！　リオを返して！」

悲鳴を上げて追い縋るヨシザワ・ミツキを、〝バラクラバ帽の男〟は乱暴に追い払った。

半狂乱となったヨシザワ・ミツキは、リオを取り戻そうと必死で他の旅客の制止を振り切ろうとしたが、さらに数人の旅客が飛び出してきて止められた。

旅客たちの動きが遅いことに苛立った〝バラクラバ帽の男〟が、エコノミークラスの真ん中付近に座る中年女性を射撃した。

「お母さん！　お母さん！」

座席の上に崩れ落ちた中年女性を、若い女性が必死に抱きかかえた。

〝バラクラバ帽の男〟は、リオを抱えたままエコノミークラスの最前列まで行った。

「深沢さん！　早くこっちへ！」

兼清は末永早苗の声を聞いて素早くそこへ目を向けた。

旅客たちを受け入れようとして慌てたのか、パンプスが脱げた深沢由香利が通路の床に転がり顔を引きつらせている。その前では、〝バラクラバ帽の男〟が銃口を向けていた。

「止めて！　彼女に何の罪もない！」

末永早苗はそう声を張り上げ、深沢由香利の前に立ち塞がった。

兼清は、直接、バラクラバ帽の体を捉えられなかった。しかし先ほどの記憶から位置がわかった。兼清は、跳弾と機材の貫通を素早く計算し、男の足元へ二発射撃した。バラクラバ帽が怯(ひる)んだ隙(すき)に、末永早苗は深沢由香利をそこから助け出した。

「皆さん！　どこでもいいですから、座席の中に移動して、背もたれの一部を両手でしっかりと摑んでください！　介護の必要な方を手伝ってあげてください！　安全を保ってください！　お子様は抱きかかえてください！」

機首方向に追いやられた旅客たちに、客室乗務員たちが安全を保つための指示を大声で叫んだ。

兼清はタイミングを計った。チャンスを狙っていた。

〝バラクラバ帽の男〟が、泣きじゃくるリオを連れたまま旅客たちの方向に向けて散発的な射撃を再開させた。

兼清は、奪われたＳＩＧＰ２２６の残った弾をずっと計算していた。今、この瞬間、矢島班長の殺害に使ったＳＩＧＰ２２６から十発使用されている。予備弾倉は回収したので、残り十発。

兼清はひたすらそのタイミングを待った。人質を巻き込まずに射撃が行えるタイミングを――。

兼清は距離を測った。兼清は〝バラクラバ帽の男〟が至近距離を通ってR5ギャレーに入るのを見ていたが、リオを人質にとられていて、男を撃つことができなかった。頭の中で兼清は自分なりの射撃をイメージした。

日々の訓練において、三メートル、五メートル、十メートルの、どの距離ならば、どこにいればバイタルラインに当てることができるのか、できないのか。そしてその距離ごとに、動く犯人の行動を意識しながら人質に当たらない距離感を徹底的に身につけてきた。だから今の状況ならばまったく問題ない。

もし距離が変化したとしても、自分の技術を超えた距離となったらその距離を詰めればいい。

今、兼清は左目照準をしているのだが、それもまた何のマイナス要因でもない。徹底的に訓練を行ってきたからだ。

ゆえに後は、男の顔とリオの体との距離が十センチ開くだけでいい。その瞬間の射撃によって男の鼻と唇の間を撃ち抜く自信はまったく揺るぎない。それが訓練で自分が納得した、完全なる制圧ができる距離だからだ。弾道の奥にある小脳を粉々に砕かれた人体はすべての運動神経が一瞬にしてシャットダウンする。人質に危害が加えられることはないのだ。

兼清は男の様子を窺いながら、コイツが《QUEEN》だとあらためて確信した。矢島班長から奪い取った銃を持っていることが何よりの証拠なのだ。

つまり、初めての《QUEEN》とのご対面ということだ、と兼清は妙に感慨深くそう思った。思い描いてきたイメージとは少し違うが、冷酷さのイメージは同じ気がした。

兼清は、リオの様子を窺った。それこそが心配だった。ママ！　と何度も叫んで泣きつづけているが、物理的な危害が加えられている泣き声でないことは確認した。

射撃が止んだ。兼清は、射撃を止めた理由が気になりだした。

この膠着状態からどう逃れようとしているのか――。

腕時計を見た。すでに着陸態勢に入っている。このまま無事に着陸できれば大量の警察官がここに雪崩れ込んで来る。事件はそこでどうしたって解決を見る。しかしそれまでの時間、これ以上の犠牲者を出すことを絶対に防がなければならない。特に、今人質とされている女の子は自分の命より優先して救わなければならない――。

「業務連絡、グリーンは『CBT』を参照されたし」

立花咲来は、通話によるコミュニケーションを取ることを意味するその隠語を覚えていてくれた。

「機長に報告する必要があります。現在の状況を教えてください」

息を切らすような咲来の声が聞こえた。

「正体不明の男が、旅客の女性一名を銃で射撃した、容態は不明。同女性はプレミアムエコノミーにいるので手当を。さらに同犯人は、『Ｒ５』ドアの前で旅客の幼児を人質にしている。幼児にケガはなさそうだ」

「了解しました。こちらからもお知らせしたい重要なことがあります。しばらく前に届いていたのですが、今、気づきました」

　息苦しそうに咲来がつづけた。

「エコノミークラスのＲ４ドアにポジションするメンバーの深沢が末永パーサーに泣きながら謝罪しました」

「謝罪？」

　兼清は腹が立った。こんな修羅場で、人間関係のイザコザなど聞いている暇はないのだ。

「深沢は、新たな報告をしました。それは、末永パーサーに伝えようとしたが、頭に来ることを言われたので黙っていた。しかも、旅客と言われていたので排除していた——」

　兼清はその説明に訳が分からなかったが、その新情報には強い興味を持った。

「それで？」

　兼清は急かした。

「矢島さんが襲われたと思われる時間帯、クルーバンク付近で見かけたのは、六人じゃなかった。もう一人いたと——」

「旅客じゃない？　つまり——」

「私です」

咲来が言った。

「私？　こんな時に冗談も休み休み――」

「私とまったく同じ制服を着た女です。目撃したメンバーは、その時間にチーフがエコノミークラスに、しかもトイレ付近にいるのはおかしい、とは思ったが、サービスに忙しくすぐにそのことを忘れてしまったと――」

咲来のその言葉で、兼清の頭の中に様々なイメージが激しく、次々と現れた。

咲来からの新情報を聞き終えた兼清は、そのイメージを完全に作ることができた。

《QUEEN》は、チーフパーサーの制服に着替えた。トイレでなら可能だ。そして矢島班長の座席へ近づき、新聞紙に差し込んだメモを手渡した。頼んでもいない新聞紙を手渡す――その行為そのものが、〈さくら航空〉と密かに取り決めている緊急時の情報共有システムであり、矢島班長はすぐに理解しただろう。

《QUEEN》がなぜそのシステムを知っていたかは分からない。

ただ兼清は、その、あってはならない偶然の出来事がそこで起きたことこそ、矢島班長にとっての運命だったのだろうと理解した。

緊急時のシステムが使われたことに矢島班長は緊張しただろうが、〝偽のチーフパーサー〟への警戒心はまったくなかったはずだ。〝偽のチーフパーサー〟から、《QUEEN》

について緊急にお伝えしたいことがあるのでクルーバンクで話をしたい、と誘われれば何の疑いもなく向かったはずだ。ドリンクサービスが始まった頃は、〝本物のチーフパーサー〟は、ファーストクラスに張り付いてサービスに忙しく、エコノミークラスに来ることがないことを《QUEEN》も知っていたに違いない。

〝偽の客室乗務員〟こと《QUEEN》はそこを襲い、恐らく何かを使って矢島を怯ませた上で、腰のホルスターから拳銃を奪い、槓桿（こうかん）を引いて弾を装塡（そうてん）し、矢島班長の頭に枕（まくら）越しに接射した――。

　つまり、必然的に《QUEEN》は女ということになる。ならば、〝バラクラバ帽の男〟は共犯者なのか――。

　兼清がその結論に辿り着いた時、異質な音が耳に聞こえた。

最初はサクサクという音が聞こえ、その次にガサガサという何かを剝（は）がしているような音に思えた。しかしそのうち、ゴツゴツ、ガタガタという金属を扱っているような音も混じってきた。

　それらの音の発生源を兼清は探した。

だが聞こえてきたのは、若い女性の叫ぶ声だった。

「お母さん！　しっかりして！　死なないで！　もうすぐ着陸するよ！　そしたら病院へ行けるからね！」

さきほど銃撃された中年女性を介抱している娘だろうか——。

その言葉のすぐ後に、恐らく、ビジネスクラスのパーサーである堀内綾乃の声が耳に入った。

「これから特別な止血行為をします。タオルで血を止めるんです！　私はパラメディックの資格を持っています！　信じてください！」

さらにリオの泣き声もギャレーから聞こえて来た。

「嫌だ！　ママ、ママ！　助けて！」

半狂乱となったヨシザワ・ミツキが〝バラクラバ帽の男〟に飛びかかろうとした。

ギャレーを飛び出した兼清は咄嗟に彼女に抱きついた。絶対に撃たれる、との確信があったからだ。

ヨシザワ・ミツキを抱きかかえた兼清は、座席の間に引き摺り込んだ。

「娘はオレが絶対に助ける！　助けたリオに笑顔で最初に応えるのはあんただ。抱っこしてくれる母親を待ってる！」

兼清のその言葉にもかかわらず、ヨシザワ・ミツキは〝バラクラバ帽の男〟を追おうと必死だった。兼清は、大声で客室乗務員を呼び寄せてヨシザワ・ミツキを制止するよう頼んだ後、〝バラクラバ帽の男〟への行動に出るためのタイミングを最終判断するため、男がいるギャレーへの接近を開始した、その時だった。

視界の隅で異質な光景に気づいた。すぐにそこへ視線を向けた。全員が追い出されたはずのエコノミークラスの中で、ソノダ・ユウカが自分の座席に座ったままだった。

兼清の目に飛び込んだのは、プラスチック製のナイフで自分の左手首の橈骨動脈を何度も切りつけているソノダ・ユウカの異様な姿だった。出血は酷くない。動脈には達していないようだ、だがそのうち本当に直に切りつけるかもしれない。放っておけなかった。

「止めろ！」

兼清はナイフを無理矢理に取り上げた。

ソノダ・ユウカは奪い返そうとして醜い形相で兼清に摑みかかってきた。

抵抗しながらも兼清の耳にはリオの泣き声がずっと響いていた。

兼清は意を決した。ソノダ・ユウカの右頰を力を込めて掌で叩いた。

放心状態となったソノダ・ユウカは急に大声で泣き出した。兼清はソノダ・ユウカの細い肩をぎゅっと抱き締めて語りかけた。

「あんただけじゃない。一人じゃない。少なくともオレがいる。客室乗務員の全員もあんたの話し相手になってくれる。約束する。一人にさせない！」

ソノダ・ユウカは兼清の胸に泣き崩れた。

兼清は優しく言った。

「あんたはもう助かった。オレが助けた。でも、もう一人、助けなければならない。ここで待ってろ。いいな？」

ソノダ・ユウカは兼清の胸の中で大きく頷いた。

そっとソノダ・ユウカの体を座席に横たえた兼清は、リオのいるギャレーへ接近した。

もうタイミングを計る余裕はないと兼清は判断した。

クイック・ピーク（チラ見）によって、ギャレーへ視線を向けた兼清は、そのタイミングを逃がさなかった。閉められたカーテン越しだったが、リオと〝バラクラバ帽の男〟の顔の位置が十センチ離れていることを、二人のシルエットで確認した。

〝バラクラバ帽の男〟はすでに旅客を射撃している。しかも盾にされている女の子には生命の危機が急迫している。正当実務行為と認められるには十分だ——兼清は決断した。もはやこれ以上、待てない！

SIGP226を据銃しながら通路に飛び出るのと同時だった。ギャレーのカーテンにシルエットで浮かぶ〝バラクラバ帽の男〟に向けて照準するまでもなくポイントシューティングで鼻の下に三発集弾させた。

兼清は走った。カーテンを乱暴に捲った。

白目を剝いてゆっくりと倒れていく〝バラクラバ帽の男〟からリオを奪って抱きかかえたその勢いのまま床を転がった。そしてさっきまでいたギャレーへと駆け込んだ。

起き上がった兼清はリオの全身へ急いで目をやりながら声をかけた。

向けた。

「どこか痛いか?」

泣くのを止めたリオは大きく頭を左右に振った。

「リオはもうお姉ちゃんだよな。だから大丈夫だな?」

瞳に一杯の涙を溜めたリオは小さく頷いた。

駆け寄って来たヨシザワ・ミツキに娘を預けた兼清は〝バラクラバ帽の男〟の元へ足を向けた。

兼清は驚くことになった。身動きせず倒れ込んでいる男のその手には、缶詰オープナーがあるだけで、ＳＩＧＰ２２６がないのだ。ギャレーの中を捜してもどこにもない。

兼清は、プラスチック製の簡易手錠で男を後ろ手に括りあげた。そうしておいてから、男のバラクラバ帽を剝ぎ取った。

その顔を忘れるはずもなかった。

スミスの顔は醜く歪んでいた。

やはり、スミスが《ＱＵＥＥＮ》だったのだ。

いや、違う、と兼清はすぐその考えを打ち消した。

《ＱＵＥＥＮ》はまだいる。まさしく〝偽のチーフパーサー〟を演じた女の《ＱＵＥＥＮ》はどこかにいるのだ。もはやどちらが正犯か共犯かは問題じゃない。間違いないのはまだ《ＱＵＥＥＮ》が存在するということなのだ。

兼清はＳＩＧＰ２２６をストレートダウンにして警戒を解かなかった。〝バラクラバ帽の男〟が使っていたＳＩＧＰ２２６が見つからない、という事実も緊張をさらに高めることとなった。

「客室乗務員！　旅客たちを自分の席へ戻らせろ！」

兼清のその声で、客室乗務員に誘導されてエコノミークラスの旅客たちが慌てて自席に戻って来た。

だが、兼清の脳裡にその疑問が立ち上がった。

スミスの役割は何だったのだろうか――。なぜ、突然、無謀とも言うべき攻撃を加えてきたのか。意味がある行動だとは兼清には理解できなかった。

今朝からの一連のことが頭の中に流れてゆく。水野清香が扼殺され、矢島班長が銃殺された。そしてスズキ・イブキが死亡し、〈ＦＢＩ　ＰＯＬＩＣＥ〉の男も殺害され、神奈川県警のタグチまで殺られ――。

水野清香からタグチまでの一連の殺人は連続殺人と言うべきものだ。しかし、その流れを考えてゆくと、自分は何か、重大なことを見落としているのではないか、そんな気がした。一連の流れは、まだ一つの大きな川にはなっていない。この先にそれらの流れを集めて作る大河があるはずだ。しかしそれがないのだ。手間暇掛けてここまで殺人を犯してきた、その結末がスミスの無謀な行為だったとはどうしても思えない――。

兼清は急に妙な感触を抱いた。それは自分でも驚くことだった。なぜなら、あの時抱いた感触と同じだからだ。

二年前、自分は、滝川対策官の指示で、ある特命任務に携わった。

〝鷲鼻（わしばな）の外国人企業経営者〟の外国人が羽田空港から密出国した件を、刑事捜査とは別の線で、いわば警備警察の目でその犯行経緯を辿って明らかにすることだった。

しかし間もなくして壁にぶち当たった時、彷徨（さまよ）う迷路から、妻の志織が助け出してくれた。

志織はページを開いて、あるところを指さしながら兼清に手渡した。

兼清が目を落とすと、柿本人麻呂の歌があった。

〈たまゆらに　昨日の夕（ゆふべ）見しものを　今日（けふ）の朝（あした）に恋ふべきものか〉

「この歌の意味はね、昨夜、ほんの僅（わず）かなひととき、お会いして愛を交わしたばかりなのに、夜が明けてお帰りになると、もうもうこんなにあなたが恋しくなるなんて——という、本当は激しい愛の歌なんだけど、その最初の『たまゆら』というのがとってもいい響きでしょ」

「たまゆら……」

「美しい曲玉が触れあってかすかな音をたてるところから生まれたとの説があるんだって」

「専門家はだしだな」

兼清は微笑んだ。

「でもね、不思議な解釈もあるの——」

志織は遠い目をしてつづけた。

「その昔、〈あるかないかわからないもの〉というたとえにも使われたとか……」

「あるかないか……」


そして気がついたことは、〝鷲鼻の外国人企業経営者〟はビジネスジェット機に乗って密出国したとされていたが、それは、あるかないかわからないもの、だった。つまり、乗るフリをして、実は乗らなかったとしたら、という仮説だった。

その時と同じ感触が今、ある。

兼清は、志織が亡くなってから初めてその言葉を繰り返した。

「たまゆら……あるかないか……」

兼清は一人頷いた。スミスと〝偽のチーフパーサー〟の女だけが《QUEEN》であると思い込んでいた。しかし、それらは、〝あるか、ないか、わからないもの〟だった……。

彼らは、いわば《真のQUEEN》が目的を達成するためのツールでしかなかった。

その《真のQUEEN》こそ、〝あるもの〟ではないのか。

それはいったい誰なのか――。

そのことを思い出した兼清は思わず苦笑した。

《真のQUEEN》は誰か？　そんなことは分かっていた話なのだ。

その瞬間、兼清はすべてを理解した。

これまで謎だったことが次々と解けてゆく。

《真のQUEEN》を確かめる方法は簡単だ。立花咲来にひと言、それを頼めばいいだけのことなのだ。その答えを導いたのもまた、〝たまゆら〟という言葉だった。すべては錯覚だったのだ。

しかしそれは《真のQUEEN》を特定するだけのことだ、と自分を諌めた。

その《真のQUEEN》の姿が確認できない。しかも今、何を企んでいるのか、それが分からない以上、脅威レベルは高止まりのままである。

ふとその時、兼清は、あることに気がついた。ギャレーで飛び出すタイミングを計っていた時だ。異質な音を聞いた。サクサクというカッターを使っているような音の次に、ガサガサという、何かを剝がしているような音に続いて、ゴツゴツ、ガタガタと、金属に細工をしているような音が――。

その音は、今にして思えば、〝バラクラバ帽の男〟が隠れていた、R5ドア近くのギャレーの奥からだった。兼清はそのギャレーに飛び込んだ。

辺りを捜した。ふと、一つのSTW（カート収納器）が目に止まった。SIGP226を捜していた時は気づかなかった。そこに一台のミールカートが歪に収納されているのだが、そのカートの奥にある壁のパネルの一部が剝がれている。

カートを引き出した兼清が、パネルの剝がれている部分に目を近づけると、それは扉の一部だった。

兼清は嫌な予感がした。その先に何があるか知っているからだ。

扉を開けた兼清は、目の前にある光景に思わず息を吞んだ。目に入ったのは緑色の縁取りがある床下ドアだ。機体構造を知り尽くしている兼清は、今、見つめているこの床下ドアの下に何があるのか、それが意味する重大性をもちろん認識していた。床下ドアを開ければ、二メートルほどの長さの白い梯子があり、そこを降りれば――。

兼清は床下ドアの上に付いている把手を引き上げた。だが、反対側からハンドル式のロックが掛けられてしまったようで微動だにしない。しかし、一度開かれた痕跡がはっきりとあった。

兼清は立花咲来を最後部に呼び出した。

「重大事態発生、自分の目で確かめろ――一体どういうことです？　最終の着陸態勢に入っているんですよ！」

怒りを露わにする立花咲来を、それでも兼清は近くに呼びつけた。

這い蹲るようにして現れた立花咲来を、一旦、床に座らせてからそれを口にした。

「いいか、よく聞け。《QUEEN》が、MEC（Main Equipment Center）に侵入した」

「MECに？」

咲来の声は裏返っていた。

「至急だ！　機長に報告しろ」

兼清のその言葉で弾けるようにR5ドアへ移動した咲来は、そこにあるハンドセットをもぎ取るようにして掴んだ。

もう一度床下ドアを見下ろした兼清は、航空保安上、最大かつ深刻な重大事態が、今、発生したことをしっかりと受け止めていた。

スカイマーシャルの任務の最も重大なことは、コックピットへの侵入を阻止することである。もし犯罪者に侵入を許せば、航空機を乗っ取られ、数百名の旅客の生命が直接脅かされるからだ。

その最悪のケースが、二〇〇一年のアメリカ同時多発テロにおけるニューヨークの世界貿易センターへの激突事件だと、兼清は凄惨な光景を頭に蘇らせた。二機の民間旅客機のコックピットを支配したテロリストたちは、操縦桿を握り締め、二棟の世界貿易センターへ突っ込んでいったのである。

その事件を契機として民間旅客機における航空保安が劇的に強化されることとなったのはアメリカでの研修中に徹底的に教え込まれた。

まず、犯罪者のコックピットへの進入路を遮断する方法について、全世界の航空機メーカーや航空当局は全力を傾けた。それは「コックピットのドア」の物理的強化へと繋がった。つまり構造的に、防弾性や破壊行動に対する「コックピットのドア」の耐久力を飛躍的に向上させることだった。

「コックピットのドア」に関して強化されたのはそれだけではない。それまでは出発前のＣＡブリーフィングにおいて、客室乗務員たちはその日の「コックピットのドア」を開けるためのノックの回数を確認し、上空を飛行中の操縦士たちの食事時には、客室乗務員がそのノックをしてからコックピットの中まで運んでいた。

だが、それが一切禁止となった。「コックピットのドア」は〝神聖化〟され、すべての脅威から遮断されたのである。

しかし、さくら航空など日本の航空会社の整備工場で行われた研修で、ある驚愕の事実を兼清は知ることとなった。

実は、「コックピットのドア」のルートを使わずしてコックピットを支配することが可能な場所が民間旅客機に存在するというのである。

　立花咲来が兼清の元へ戻って来た。

「操縦室の計器にもＭＥＣのドアが開けられたことを示す警告ランプが点灯し、機長が大至急の報告を要求しています」

「拳銃を所持した《ＱＵＥＥＮ》がＭＥＣに侵入し、床下ドアをロックして立てこもった。正体は確認できない。ただ人質はいない。事実は以上だ」

　兼清が正確に説明した。

「最終の着陸まであと何分？」

　兼清が立花咲来の顔を覗き込んだ。

　咲来はエルメスの腕時計〈ナンタケット〉を急いで見つめた。

「約十八分――」

　咲来が言った。

　滑走路にタッチダウンさえすれば、最悪のケースである墜落という恐怖から完全に解放される。

　ただ、それを今、期待するのには条件が一つだけある。何事もなければという条件だ。

　しかし、今、その〝条件〟が怪しくなってきた。

　これから起きようとしていることを予見すると、着陸という未来そのものが消え失せてしまうことへ繋がるのである。

近くのR5ドアにあるハンドセットで機長に報告をしていた咲来が兼清の元へ再び戻ってきて、その瞳をじっと見つめた。

「MECで何ができるか、もちろん知っているな？」

兼清が言った。

見開いた目で見つめる咲来が、自分と同じ場面を脳裡に蘇らせていることを兼清は想像した。

その場面とは、民間旅客機のコックピットの操作と電源システムについて、システム開発部の技術者から受けた研修での場面である。

様々な平面部や矢印、さらに英語文字で埋め尽くされた映写スクリーンを背にした技術者は笑顔を作って解説をつづけた。

「客室の最後部、右側の通路の奥、その床下にあります『メイン・イクイップメント・センター』、通称、『MEC』は、航空機のまさに〝心臓部〟と言える存在です」

兼清は身を乗り出して聞き入った。

「そのエリアはこの通り狭い空間ですが――」

スクリーンが切り替わった。

映し出されたのは、畳八畳分ほどの、技術者の説明通り、狭い空間の左側に白色の装置、右側に真っ黒の機材が多数設置されている写真だった。

それら機材や装置に挟まれている歩行帯の幅はわずか五十センチほどである。

「こちらの装置は――」

技術者が、左側にある白色の装置にレーザーポインターを照(あ)てた。

高さ一メートル、幅が二メートルほどの大きな装置が二台重ねられている。その表面には、分厚い冬のコートに付いているボタンのような丸くて大きなスイッチが上下左右に無数に並んでいて、その一つ一つに英語文字による表記がなされている。

「これは、機内の電源系統回路の大元の直流電源のメインバッテリーです。そしてこれら黒いスイッチは、航空機内のすべての電源関連のものであり、つまり、コックピットの電源をすべて制御できるほか、四系統の油圧装置、機内通話まで、あらゆる電源をここでオンとオフにすることができます」

振り向いた技術者がつづけた。

「ただ、メインバッテリーと言っても車のバッテリーの倍ほど。三十センチ四方くらい。なるべく軽くしています。普段、使うのはもっと大きなＡＰＵバッテリーですので。しかし、ＭＥＣのメインバッテリーには、もう一つ、大事な役目があります」

技術者が再び画面を変えた。

機材のイラストの上で、非常用電源としてのＭＥＣ——という文字がまず目に飛び込んだ。

「エンジンの四つの発電機全部がダメになった時でも飛行機を飛ばすための計器、バルブや尾翼など、動くモノへ送るためのバックアップとなる他、交流電源にも切り替えができるので、非常用に動くための油圧のバルブとか最小限必要なものの動作のための非常用電源として活躍するのです。ちなみに、車輪の脚を下げるための格納扉を外すモーターの電源もここで生み出されます。これが上手く作動しないと、最悪の場合、胴体着陸となってしまいます」

兼清がふと技術者へ目をやるとそこにあった笑顔は消えていた。

「この棚に集まった黒いボックス型ユニットはすべてコンピュータで、一部にボイスレコーダーとフライトレコーダーがある」

愛想がほとんどない技術者による講義に、咲来はさっきから何度も頷いていた。

技術者の傍らに設置されている映写スクリーンには、長さ約四十センチ、高さ三十センチほどの真っ黒なボックスが五段ほどの棚に数十台、整然と並べられている光景があった。

黒いボックスの幾つかは簡単に抜き差しできるようなハンドルがあり、別の形状をした黒いボックスには、装置を封印しているかのような直径五センチほどの円柱状の輪っかが押しつけられている。

「MECについての説明で、電源のことが強調されるが、それだけじゃない。表現を変えるならば、コックピットのすべてをコントロールできるところ、そう言える」

研修者へまったく視線を送らないまま技術者はつづけた。

「ゆえに、MECのこれらコンピュータの電源をすべて切ってしまえば、コックピットで何をしようが関係なくなる。コックピットにはコンピュータはない。コックピットにあるものは計器だけ。それを操るコンピュータはすべてこのMECにある——」

互いの瞳を凝視しながら先に口を開いたのは、兼清だった。

「機長は何と?」

兼清が押し殺すような声で訊いた。

「ダメージをできるだけ減らすため、間もなく、緊急降下を開始すると。その上で、デッチング（緊急着水）、エマージェンシー・ランディング（胴体着陸）のすべてに備えろと指示されました」

咲来が早口でつづけた。

「東京タワー（羽田空港管制塔）からはすでに、プライオリティー・ランディング（優先着陸）のリクエストが承認され、現在、その誘導を受けています。では、私は機内アナウンスがありますので――」

兼清は咲来を途中で呼び止めた。そしてあることを依頼した。咲来は時間がないと最初は渋ったが、兼清は強引に納得させた。

兼清が待ち望んでいた答えはすぐに出た。その答えは、今、兼清が導いた仮説を裏付けるものだった。

咲来が足早に機首方向へ戻っている間に、キャビンのすべての旅客の頭の上から酸素マスクが放出された。

悲鳴が幾つか上がったが立つ旅客は見当たらなかった。

そしてマスクの放出の直後、甲高くて大きい、耳障りな警告音が二度鳴り響いてから、機械的な男の声でのアナウンスが始まった。

「ただいま緊急降下中です。マスクを強く引いて付けてください。ベルトを締めてください。ただいま緊急降下中です」

アテンションという言葉から始まる英語によるアナウンスが流れた後、再び日本語で同じ言葉が繰り返された。

緊急降下をしていることで空気抵抗が大きくなったからなのか、機体がガタガタと大きな音を立てて震え始めた。

兼清の額から冷や汗が出始めた。あの病気がいつ起きてもおかしくなかった。

近くの空席に入った兼清は、航空性中耳炎の発作を警戒しながら酸素マスクのゴムを耳にかけた。

そのすぐ後で、咲来の肉声でのアナウンスが聞こえた。

「皆様、ただいま飛行機は緊急降下中です。酸素マスクを強く引き、しっかりと付けてください。お子様のマスクも締めてください。安全のためシートベルトを緩みのないようしっかりと付けてください。降下中はお立ちになりませんようにお願いします。詳しいことが分かり次第、皆様にお知らせいたします。重ねてお知らせします――」

機長からの声も、そう時間を置かずして耳にすることができた。

「ご搭乗の皆様、操縦室からお知らせします。さきほど、機内のシステムにトラブルが発生し、緊急降下を開始しました。詳細が分かり次第お知らせします」

兼清はその言葉が終わらないうちに衛星電話で、地上の北島隊長を呼び出した。

「ＭＥＣを《ＱＵＥＥＮ》に乗っ取られました」

兼清がそれだけをまず報告した。

「今、さくら航空の『ＯＣＣ』に派遣しているリエゾンからも同じことを聞いた。あらためて確認する。MECに《QUEEN》が立てこもった、そういうことだな?」

北島が緊張する声で訊いた。

「そうです。《QUEEN》は、今や、王様です。何でもすることができます」

「王様……。それで、MECにいるのはいったい誰なんだ? チーフパーサーから機長を通じて『OCC』に入った情報によれば、銃を発砲した《QUEEN》はお前が制圧し、もう一人の女の《QUEEN》の所在が不明だとしている。現状はどうなんだ?」

北島は苛立った風に言った。

「《QUEEN》は女ではありません」

兼清は言い切った。

北島隊長は驚いた声で言った。

「まさか……そいつが《QUEEN》か……」

「正確に言えば、《真のQUEEN》、言い換えれば《スペードのQUEEN》です」

兼清が言った。

「着陸まであと――」

北島隊長の言葉に、兼清は腕時計へ目をやって言った。

「十四分です」

「MEC立てこもり事案対処訓練は腐るほどやった――」

北島が押し殺した声で言った。

「分かってます」

「兼清――」

兼清は黙って北島のその先の言葉を待った。

「地上はすべてを準備している」

北島が緊迫した口調で言った。


咲来の頭は、エマージェンシー対応のことで頭がいっぱいだった。あらゆるエマージェンシーに備えなければならないというのは、年に一度の国土交通省による緊急事態対処訓練の実技でもシナリオになったことはない。

過酷で、どこか気恥ずかしいその訓練では、羽田にある国土交通省のモックアップ施設で、緊急脱出、緊急着陸と緊急着水などの緊急事態が設定され、その時のアナウンスや声かけ、また数々の動作、さらに避難誘導を本番さながらにやらなくてはならないが、すべての緊急事態に対処せよ、なんて無茶なことは咲来の経験上は一度もなかった。

咲来はその時のことを脳裡に浮かべながら、チーフパーサーとしての任務を頭の中で何度も確認していた。特に、各クラスやポジションで、ちょっとしたコミュニケーションを怠ったことで、エラーチェーンが発生し、そのエラーが全体に繋がってゆくことが最も恐ろしく、それをどうやって防ぐかに意識を集中させていた。特に今回は、末永早苗と深沢由香利の関係を考えると尚更だった。

ふと咲来はジャンプシートに座る客室乗務員を見回した。

さきほどグループチャットで情報を共有したので、事態の真実を知った客室乗務員たちは身を硬くしたり、表情に出すことを必死に堪えているのが咲来には分かった。その情報共有の際、咲来は客室乗務員たちに厳しく言い聞かせた。

〈お客様はあなた方をずっと見ている。だから不安な表情を作ったり、落ち着かない様子を見せたら、お客様が不安に陥り、パニックを起こすかもしれない。それはすなわち飛行機の安全運航に関わる。分かったわね！〉

その上で、緊急時の持ち出し品とその保管場所の確認を命じていたのだった。

しかし、それを伝えた咲来自身とて内心穏やかではなかった。いや、正直に言えば死の恐怖と戦っている自分を知っていた。

今、ＭＥＣで何が起きようとしているのか、それを想像するだけでゾッとする思いに陥っているのだ。

咲来は、Ｌ１ドアの窓へ目をやった。

キラキラと輝く東京湾が見える。高度は緊急降下によっていつもよりずっと低い。このまま緊急着水するのかと思うほどで、思わず全身の筋肉を硬くした。

　ジャンプシートの真ん中にあるハンドセットの着信を知らせるピンポン音が鳴った。兼清からだった。

　兼清は機内のある場所を口にしてから、

「そこからＭＥＣへと潜入する。機長とも共有を」

と伝えてきた。

「客室での警戒を怠るな」

　兼清が言った。

「客室で？　しかし犯人はＭＥＣへ——」

「客室の誰かが、秘匿された最後の存在、我々の世界で言うスリーパー（完全秘匿された存在）が行動を起こすかもしれない」

「スリーパー……」

　そう呟いた咲来は思わず唾を飲み込んだ。

　兼清が選択したルートは訓練通りのものだった。

　キャビンの一部の床の絨毯を力ずくで剝ぎ取り、銀色の床下ドアを晒け出すと素早くそのドアを開け、その下にある梯子を下りた。

ＳＩＧＰ２２６をストレートダウンにしたまま数メートル歩いた先で、だだっ広いが天井の低い、暗い空間に足を踏み入れた。広いと言っても旅客たちの荷物が積み重なっているシルエットが見え、足の踏み場もない様子だった。

だが、その入口は容易に見通せた。驚いたのは閉めるべきドアが開け放たれ、無防備であることだ。明るい照明に照らされた、ＭＥＣの入口の、左手にある電源関連の白い装置と、そこから延びる何本もの黄色いコードが視界に入った。

ドアの手前で聞き耳を立てていた兼清は、意を決してＭＥＣの内部を一度だけクイックピークした。

男の姿は捉えられなかった。

だが兼清は一気に勝負に出た。

「どっちにしたってお前は捕まる」

エンジン音に負けじと、兼清がＭＥＣの中に向かって声を張り上げた。ここはキャビンのように防音装置は存在しないのだ。

「逮捕？　それはない」

男の声が響いた。

「訂正する。お前は死ぬ」

兼清が言った。

だが相手は兼清の言葉には応じず、一方的に喋り始めた。

「テレビ局が劇的な映像を撮れるよう、羽田沖のそう遠くない上空で、電源制御装置とコンピュータの全電源を切断し、航空機のすべての機能を一瞬で無くす。計算上、あと十分後だ。そのためのカウントダウン中ゆえ、静かにしてもらいたい」

「航空機はそんなにヤワじゃない」

兼清ははったりを噛ましたつもりだった。

「分かってるはずだ。油圧はゼロになって操舵がすべて効かず、コックピットの画面はすべてグリーンダウンして為す術もなく、羽田沖に頭から墜落だ。よしんばそこが滑走路の上であってもランディングギアの格納庫が開かないまま落下し、コンクリート地面に激突して大破炎上する――」

兼清はある戦術が頭に閃いた。急いで咲来とグループチャットで連絡を取り合った。

そして間もなくして、タイミングよく咲来からのグループチャットが入った。

〈諸事情からプライオリティー・ランディングの延期が決定。タッチダウンは二十五分後――〉

揺らぐ人影を初めて視線内に入れた。

それで男の立ち位置が想定できた。

「ホテルで客室乗務員を殺し、彼女のＩＤカードなどを使って、さくら航空の施設に侵入し、〈ＰＡＸ〉を入手し、機内でスカイマーシャルの拳銃を奪った——そこまでは事実だな？」

「全面削除しろ」

「全面削除？」

「すべての行動はフレンズ（サポートチーム）だ。オレは何も手を汚しちゃあいない」

「ならトイレにメモを貼ったり、大声を出したり、そんな風に旅客たちを扇動する陽動を行ったのはお前だな？」

「誰でもいい！」

男は声を上げた。

「どうして、水野清香が、〈さくら２１２便〉で乗務する客室乗務員だと分かった？」

「〝フレンズ〟に訊いてみな。そのうちの一人は、さっきあんたに殺されたけどな。あいつは元特殊部隊員だと吹聴していたが、何のことはない。単に格闘術のインストラクター、しかも低レベルの——」

男はそう言ってケラケラ笑った。

「自分の推察を言ってやる。その〝フレンズ〟の中に、現役か退職した者なのか分からないが、とにかく客室乗務員に繋がる人脈があった。そこで、さくら航空の客室乗務員で、東京以外からのヘルプが定宿とするホテルを知った。そして犯行の前日、〝フレンズ〟がホテルに張り込んだ。まず客室乗務員を見つけるのは容易かったはずだ。クルータグとバゲージタグが付いたスーツケースやオーバーナイトバッグなど所持品が特徴的だからだ」

男が移動するのが分かった。だが相変わらず〝完全制圧できる距離〟には入らなかった。

「その先は、人海戦術か、ホテルマンの買収かどちらかだろう。つまり、ヘルプで来た客室乗務員は、必ずやることがある。翌朝のフライトに間に合うためのタクシーを予約することだ。レセプションかベルキャプテンに依頼して、その時間を知った。そこから逆算して出発時間を割り出し、〈さくら212便〉に乗務する者だと把握した――」

「まっ、おもしろおかしく言えばそういうことだ」

「それにしてもドタバタ劇だったな。バッグを奪おうとして抵抗され、仕方なく絞め殺した。無様な犯行だ」

男は兼清の挑発に乗っては来なかった。

兼清は話題を変えた。

「ビジネスクラスの外国人を殺したのも、その〝フレンズ〟というやつか？　なぜ殺す必要があった？」

その時、兼清の脳裡に浮かんだのは、ＦＢＩのファーガソンの哀れな姿だった。

「〝フレンズ〟へのトレーニングは一部完璧ではなかった。トイレで客室乗務員の制服かとウィッグが床に落ちて見られた。しかし、計画そのものへの影響はなかった」

「スカイマーシャルを殺したのは、その女だな？」

兼清が苦々しい表情で訊いた。

「お前の仲間を安心させて隙を作るために、〝フレンズ〟はまず、用意してきた客室乗務員の制服に着替えた。そしてクルーバンクにお前の仲間を呼び出し、保安検査をくぐり抜けるためにオモチャに似せて加工したスタンガンで怯ませて銃を奪って——。まっ、サポートチームのいくつかのドジはリスク計算内で目的は達成した」

「じゃあ、最後部のドア付近で、日本人を殺したのも、〝フレンズ〟か？」

「それは〝フレンズ〟じゃない。もちろんオレでもない」

「お前たちじゃない？」

「さあ、もう時間だ。最後のセレモニーの準備を始める」

男が宣言した。

「最後に教えてくれ、お前の目的はいったい何だ？」

兼清が訊いた。

しばらくの沈黙の後、男が語り始めた。

「オレの母は、本当にかわいそうな女だった。六十年前に生まれてからというもの、フィリピンの紛争の地で、貧困、病気、暴力の世界の中で生きながらえてきた。しかしそんな母も、オレの父、日本人貿易会社社員と結婚してからは、オレが生まれ、幸せな時もあった。だがその父が日本に帰国した直後、病気で亡くなり、それからはずっと貧しかったけど、いわゆる母の愛に包まれてってやつで幸せだった。しかしその裏では、働きづめで毎日苦労し、時には体を売ってまでオレを女手ひとつで育ててくれたことを知らなかったオレは最低な男だった」

最後は吐き捨てるように言った男はつづけた。

「そんな母が、去年、ついに長年の苦労が祟って倒れた。オレの存在がそうさせたんだ。だから、母はあとどれくらい生きてられるか分からないけど、残りの人生は幸せに生きて欲しいと心から思った。でも、それを実現するには、オレには金がなかった。勤務していた〝組織〟はオレを捨てた。本当は冤罪なのに、あれはヒデぇ話だった。オレは絶望して、母の病院の前で毎日泣いた。そんな時だった。あの男が現れたのは――」

黙って男の話を聞きながら、兼清は頭の中で戦術を作り上げていった。

「驚いたね。男が報酬として提示したのは、一生かけても使えない金額だったよ。で、何をすればいいかって聞いたら、妙なことを言いやがった。民間旅客機の構造に詳しく、かつCQCとCQMに優れた能力を持つオレにしかできない仕事だと、最初はそれだけを説明された。そして、ボーイング777―300ERの資料を渡され、構造を徹底的に頭に刻み込め――それが唯一の具体的な指示だった」

　戦術を考えていた兼清にとって問題になったのは、やはり航空機の〝心臓部〟の機材を温存しながら射撃ができるかという点だった。

　上着を脱いで予備弾倉入りショルダーホルスターも外した兼清は、拳銃はホルスターに戻し、代わりに左の腰ベルトに掛けた小さなポーチから別の物を取り出した。

「お前は、特殊部隊に所属していたのか？」

　兼清は腕時計を見た。時間を稼ぎたかった。

「単なる特殊部隊（エリート）じゃない。その上だ。ホワイトハウスのカーボーイ（アメリカ大統領）のイミディエイトコマンド（直率（じきそつ））を受けた、ＪＳＯＣ（ジェイソック）（統合特殊作戦コマンド）隷下の〝ゴーストオペレーター〟（存在しない作戦要員）として〝ブラックミッション〟（汚れた任務）をアフガニスタン、イラク、イエメンそして――まあ、いろいろこなしてきた」

「どれぐらい人を殺した？」

　兼清の質問に男は鼻で笑った。

「メニイ（たくさん）」

「さすがだな」

　兼清が話を合わせた。

「で、今回の本当の目的をいつ聞かされた？」

「一カ月前さ。しかし、笑うしかなかったよ。何しろ、民間旅客機を一機墜落させろ、そしてオレも一緒に死んでくれ、それがオーダーだったからな。もちろんその方法は、陽動戦術も含めてオレがすべてプランニングした。リスクコントロールのプランニングも完璧だった。だから〝フレンズ〟たちのミスにも柔軟に対応できたという訳だ」

「なぜ墜落させる。目的は何だ？」

　兼清が訊いた。

　男が苦笑する声が聞こえた。

「ハッキリとは聞かされなかった。だが、男たちの断片的な会話を耳にしてゆくうちに何となく分かったの。その時、金持ちっていうのも大変だなって笑ったね。何でも、どこかの億万長者の長男が、自分の父親がすべての財産を愛人に生ませた弟に相続させるのを阻止するために、〈さくら212便〉のファーストクラスに乗る父親と弟、そして財産問題を手がける二人の弁護士の四人を同時に殺すためだとか何とか――」

「金のためだけに、この飛行機を墜落させ、二百二人、いや乗務員を合わせれば、二百二十人もの命を奪おうとしたというのか？」

「コレクト！（正解！）」

　男が声を上げた。

「しかしなぜ、飛行機なんだ？　殺す手段は他に色々あるだろ？」

「そこだよ。そこ」

　そう言って男はつづけた。

「金の亡者というのはどこまでも悪知恵が働くもんだ、と感心したよ。それも断片的な会話から分かったが、地上で人を雇って殺害したら、狙われて殺された、とすぐに分かってしまい、犯人の推測が簡単についてしまう――」

「そうか――。〈さくら212便〉をテロリストの仕業として墜落させる。そうすれば、父と弟を狙ったものとは誰も思わない。悲劇の犠牲者と受け止められるだけだ」

「その頭の冴え方も、もう一つ評価してやる」

「ならば……」

　兼清の脳裡に、考えたくもない推測が浮かんだ。

「まさか……水野清香は、テロリストの犯行だと見せかけるためだけの殺人？〈PAX〉を入手するためだとか、そんなことは最初からまったく関係がなかった？　それに、我々を任務に就かせたのも、そのための演出のツールでしかなかった？　そのためだけに何人も殺したのか！」

　男は黙り込んだ。兼清の耳に、男が機械を操作するような音が聞こえた。

　腕時計に一度目をやった兼清は勝負を急いだ。

「自分も死ぬことをなぜ許容した？」

「ＰＭＣ（民間軍事会社）で稼いだ金で母を総合病院の個室に入れ、高度最先端医療を受けさせることはできたが、オレの死後、母に送られてくる大金で、彼女の人生は初めて輝くものとなるはずだ」

「お母さんは、そんな金より、息子の健康を常に願い、一緒に暮らすことを願っていると、そのことに気づかないのか？」

兼清が挑発した。

「まさか、オレを説得しようと？」

男が声に出して笑った。

「今回、お前が出発する時、お母さんは何と言ってくれた？」

「何も。笑顔だけ。それがいつもの母だ」

「健康をいつも願っている、そう言われたはずだ」

突然、銃弾が浴びせかけられた。

やはり、ＳＩＧＰ２２６はこいつが奪っていたのだ。しかし残りは九発——。

兼清はそのタイミングを待っていた。

ポーチから取り出していた、四万ルーメンという驚異的な光を放つタクティカルライトを男に向かって点滅させながらＭＥＣに突入した。

躊躇せずに一気に男に詰め寄った兼清は、ライトで視力をやられた男が握るＳＩＧＰ２

２６を摑むと一瞬で弾倉と銃身とをバラバラに分解すると同時に、男の数本の指を引きちぎらんばかりに捻(ひね)り上げた。兼清は、すぐに洗練された近接格闘術を使って男を一秒でテイクダウンさせた。そして後ろ手に拘束しようとした、その時だった。

兼清の耳を強烈な痛みが襲った。今度は脳のフェイクじゃないと兼清は分かった。急降下による急激な気圧変化によって〝本物〟の航空性中耳炎を発症したのだ。

兼清は頭を抱えてその場にしゃがみ込んだ。復活した男が兼清の腹を蹴(け)り上げた。何度も蹴りつづけた。兼清はされるままだった。

兼清は強硬手段に出た。近くに転がった工具を必死に握るとやたら滅法振り回した。それがたまたま男の脛(すね)を打撃した。そこから出た鈍い音を兼清は聞いた。

悲鳴を上げた男は片足で飛び跳ねた。

兼清は声を張り上げて必死に立ち上がった。今、こうしなければ殺されると思った。

しかしそれからの近接格闘は壮絶だった。互いに唇と鼻から血を流し、頬には幾つもの内出血が広がった。

だが、兼清が男の右腕の尺骨を折った時、男は顔を歪めて一瞬、怯んだ。兼清は逃さなかった。

顔面に連続打撃を加えて眼窩底(がんかてい)骨折を起こさせ、血だらけとなった右目の視力を無くすとともに鼻骨を醜く骨折させた。さらに右膝の関節をキックで破壊したことで男は膝から崩れ落ちた。

　やけくそとなったように、男は大きな唸り声を発し、近くにある機材を掴むと兼清の両足へ何度も闇雲に叩き付けた。その勢いでバランスを崩した兼清は背中から床に倒れ込んだ。そこへ男が同じ機材を兼清の顔面目がけて振り下ろした。

　素早く身を捻って兼清がそれを躱した、その時だった。

　機体の急激な高度と速度の低下を兼清は全身ではっきりと感じた。

「まさか……着陸するのか？　早すぎる！　二十五分後だとさっき！」

　明らかに全身が傷だらけとなっているはずの男が声を振り絞るように叫んだ。

「今、この瞬間、すべてがわかった」

　兼清がつづけた。

「お前は、特殊部隊の出身にもかかわらず、リスクコントロールのプランニングでミスを犯した」

「ミス？」

　兼清が言い放った。

「〝二十五分後〟ということを知っているのは、オレとチーフパーサーを除けば一人しかいない――」

「一人……」

男の声が消え入った。

「お前が参加しているグループチャットは、お前用に用意したフェイクだ。着陸まで二十五分ということこそ、フェイクそのものだ。そのリスクを計算していなかった」

そう言い放った兼清はさらにその言葉を叩き付けた。

「それに、さっき、殺されたタグチを客室乗務員に調べてもらった。第四の犠牲者だよ。その旅客を殺してタグチだと声を上げたのは〝フレンズ〟だな」

男は応えなかった。

「お前は警察官に偽装して協力するフリをして、逆にオレの動きを監視していたんだ。ただ、オレなりの仕事のやり方がいつもある。〝常に備えよ〟がそれだ。あらゆるケースを覚悟して準備を怠らない。だから、今回、お前を含む七人の関係者に、それぞれ違ったIDのグループチャットとその中のメッセージをオレとチーフパーサーとだけで共有させた。つまり餌を撒いたわけだ。で、お前が今、その餌に喰いついたというわけだ」

ドスン！　というタッチダウンの衝撃を兼清は全身で受け止めた。

「タグチ！　すべては終わった！」

兼清が声を張り上げた。

「クソ！」

そう叫んだタグチは足を引き摺って、一台のコンピュータボックスのハンドルを摑んで床に投げつけた。兼清は必死でそれを両手で捕捉した。タグチはその隙に、次々とコンピュータのボックスや電源系の装置を床に落としていった。つまりは次々と電源が遮断されることとなった。タグチはさらに、横に並び合う、一見すると鉄のリュックサックにも思える赤色のフライトレコーダーとボイスレコーダーも、使える手を振り回し、辺り構わず機材を次から次へと床に落とし始めた。

兼清はタグチの顎（あご）に連続打撃を加えた。脳震盪（のうしんとう）を起こしたようにタグチはその場に力なく崩れ落ちた。

コンピュータと電源関連の装置は大半が被害から守られた。

しかし落下して電源を喪失した機材の一つに、着陸後の動作に絶対に欠かせないものが含まれていた。

コックピットの中の操縦士たちは、ただ息を呑んだ。すべての計器を表示させるパネルが突然、消灯したのである。

しかも、タッチダウン後はすぐに稼働したブレーキが効かなくなったのだ。操縦士たちは、ブレーキを起動させる四系統の油圧ラインの電源が失われたことを意識していた。

交替の操縦士と副操縦士をコックピットの外へ退避させた機長の牧本は必死に操縦桿と

戦っていた。油圧システムが切れたことで操縦桿の役目はほとんど失われている。しかしそれでも動かせる余地を感じていた。牧本はそこに賭けた。しかし、航空施設までの距離は猛スピードで縮まっていた。

兼清は、タグチの首に両手を回すとグレイシー柔術の絞め技を使った。すでにタグチは戦闘能力を失っているが、一時的に脳細胞に行く酸素を止め、失神状態とすることで、警察部隊が雪崩れ込んで来るまでの間だけは静かにしてもらいたかった。

だが機体が激しく上下し始めた。体を固定できないほどになった。

兼清は知らなかったがブレーキが利かず速度が落ちない機体は、車輪のコントロールも失って滑走路を外れ、芝生の上を猛スピードで流れていった。

益々激しくなる揺れで、意識のないタグチとともに床に這い蹲った。

悪い予感がした。速度がまったく落ちないからだ。それどころか加速したように思えた。

兼清が想像したのは、機体がどこかの空港施設へ機首から突進している光景だった。

突然、すべての照明が消えた。しかも非常時に灯(とも)るはずの誘導灯さえ点(つ)かない。キャビンは漆黒の闇となった。客室内にいくつもの悲鳴が上がる。速度がまったく落ちない。しかも車輪操作がコントロールされていないと確信していた。L1ドアからそれがはっきりと分かった。機体は左側へと横滑りを始めたことが。しかも上下に激しく揺れている。ガタガタという激しい音は今にも機体が破裂しそうに思えた。

窓からの景色でどこを走っているかが分かった。空港地図が思い出された。このまま横滑りをつづけてゆけば、空港施設のどこかに激突する！

コックピットから自分への呼び出し音を聞いた咲来は急いでジャンプシートに掛けられているハンドセットを乱暴に引き寄せた。キャプテンの牧本はパニックにはなっていなかった。必死に機体をコントロールしようと闘っている――。

だがすぐに牧本の言葉は悲痛なものに変わった。

「スピードブレーキ、スラストリバーサー（逆推進）、ノットエフェクティブ！（利かない！）コックピット、ノーエレクトリシティ！（電気が来ていない）！」

牧本がつづけた。

「アバウトテンセカンドレーター（約十秒後）、サテライトの一部に衝突する！　乗客を守るため機首から突っ込む！　我々はギャレーに退避する！　全員に安全姿勢をとらせろ！」

激しい揺れに耐えながら立ち上がった咲来はハンドセットを握るとすぐに機内モードに

して受話部分を口にあてた。余計な言葉は省いた。普段ならパニックを煽るために禁句となっている言葉を口にした。咲来がしたことは命を守る機内アナウンスだった。

「強い衝撃に備えて！　安全姿勢をとって！　頭を太腿に押しつけ、両手を前の座席に押しつけるか、顔を低くして両手を足の後ろに回して硬く握って！　間もなく建物に機体の一部が接触します！　命を守って！　お子さんをしっかりと抱いて命を守れ！」

咲来はアナウンスを繰り返した。


国際線第3ターミナルのサテライトにいた乗客のうち、さくら212便の機体の異様な動きに気づいた者は数名しかいなかった。しかしその人々は、タキシングエリアでない芝生の中からという、有り得ない方向からこちらに向かってくる光景に、ただ窓を見つめ息を止め、足が竦んでしまっていた。サテライトの一部からか悲鳴が上がった。その声で、呆然と見つめていたその数名の人々はそこから逃れようと慌てて駆けだした。

エプロンに並んでいるトーイングカー（旅客の機内預けの荷物を運ぶ）を次々と蹴散らした機体は、機首を向けたままターミナルのサテライトの巨大な窓へと突き進んで来る。サテライトでは叫び声が飛び交って乗客が四方八方に逃げ惑い、さくら航空の地上係員も必死の形相で窓から全速力で避難した。

さくら２１２便の全長約七十四メートルの機体が緩やかに回転しながら機首の左側面を７番スポットの外壁に激突させた。全身を後方へと投げ出す巨大な慣性の力が咲来の全身に叩きつけられた。限界まで右のめりになった咲来の右脇腹と右肩にジャンプシートのシートベルトが食い込み、激しい痛みに失神しそうになった。呆然として顔を上げた咲来は、目の前に迫り来るその光景にカッと目を見開いた。ビジネスクラスのギャレーから飛び出した一台のリカーカートが宙を舞って、猛烈な勢いで咲来に真っ直ぐ突進してくる！　七十キロ以上もの〝鉄の凶器〟が自分に襲いかかって来た。

死ぬ！　と咲来は思った。咄嗟に両手で頭を被って項垂れた。その時、座席の肘掛けで鼻を強く打ち付けた。頭が朦朧とした。

咲来の数メートル手前にリカーカートが迫った。

だが、リカーカートは目の前の座席の角を擦ったことで方向を変えた。強烈な音とともに天井に激しくぶつかったリカーカートは、咲来の顔から十センチ脇を通り過ぎ、その奥にあるコックピットドアの脇の壁に激突してようやくその動きを止めた。

車輪のスピードブレーキと逆推進のスラストリバーサーの両方ともが運用されないタッチダウンの衝撃で兼清の体は二メートル吹っ飛んだ。装置の一部に腰が叩きつけられた。その上から数台のコンピュータの重たいボックスが落下してきた。全身が痛みに襲われた。貨物室の左側がメチャクチャに壊れ、その隙間から七色の宝石をばらまいたようなネオンで被われる滑走路が見えた。

たくさんのサイレン音が聞こえ、幾つもの赤色回転灯が辺り一面で蠢いている。

必死に上半身を持ち上げた時、右手に違和感を持った。

その感覚は例えるなら熱いアイロンを押し当てられた、そんな感じだった。何しろ、これまで銃弾を浴びたことがないため、すぐには何が起こったのか分からなかった。

だが間もなくして兼清は事態が飲み込めた。右の上腕を銃撃されたのだ。強烈な痛みが襲った。兼清はさすがに唸り声を上げて激しく顔を歪めた。

射撃されたのが後方からだと感じた兼清は背後を振り返った。

タグチの手から離れたＳＩＧＰ２２６を据銃した女が銃口を向け、兼清は照準されていた。

兼清は、この輝くほどの金髪の、モデルをしているかのように見える美しい顔立ちをした外国人女性に記憶があった。

最初、機内に搭乗し、混雑でゆっくりとしか進まない通路を歩いていた時、その女を目撃した。金髪もさることながら肉感的な肢体が独特の色香を漂わせていることを感じた兼清は、その後、〈ＰＡＸ〉で調べて見た。今でも憶(おぼ)えている。〈ANASTASIA　32歳。女性(F)。マロン国籍〉——アナスタシア。

座席上の収納棚に荷物を上げるのに苦労していたお年寄りに手を差し伸べ、代わりに荷物を入れてあげたあの女性。穏やかな笑顔が兼清にとって印象的だった。

しかし今、目の前にいるのは、タグチの共犯者であることは間違いなかった。つまり、こいつがスリーパーなのだ——。

「お前も〝フレンズ〟なんだな」

兼清が言った。

だが女は反応しなかった。

兼清は彼女の意志を感じた。必ず発射する。それも今すぐ。

彼女との間合いは絶望的に広く、近接格闘が役に立たないのは明らかだった。

兼清は覚悟を決めた。一瞬、兼清の脳裡に娘の笑顔が浮かんだ。元気でな。そう言った。

発射音で思わず目を瞑(つむ)った。

銃声が鳴った。しかし痛みが襲ってこなかった。ハッとして目を開けると、鼻と唇の間を撃ち抜かれた金髪の女が白目を剝き、その場にゆっくりと崩れ落ちていった。

兼清は急いで振り返った。日本人らしき女が据銃のまま立っている。しかも兼清が最も理想とする銃姿勢で。

兼清はこの女を思い出した。だから思わず、〝透明人間〟という自分が与えた別名が口から迸った。あのまったく存在感のない女性だ。

兼清は自分から声をかけるより先に女性の言葉を待った。

据銃を解いてSIGP226を即座に射撃ができるローキャリーの銃姿勢にした女性が言った。

「福岡県警、航空機警乗員、モリムラ巡査部長！　別名、スカイマーシャルです！」

兼清は、倒れ込んだアナスタシアとモリムラ巡査部長とを見比べた。

「スリーパーにはステルス！　当然です！」

モリムラ・カナコは見た目のイメージとまったくかけ離れた野太い声を張り上げた。

想像していたよりずっと凄まじい衝撃にしばらく呆然としていた咲来は、シートベルトを苦労して外し、真っ先にL1ドアの前にある窓へとすぐに目をやった。確認できたのは、飛行機は停止しているということだった。

肩にめり込んでいるシートベルトを必死で取り外し、ジャンプシートからゆっくりと立ち上がると機首を振り返った。

咲来の目に飛び込んだのは、ハイジャック対策で強化されているはずのコックピットのドアが吹っ飛び、その先にある、すべてが押し潰されてメチャメチャになった操縦席と計器類であり、窓も原形を留めないほど粉々に砕け散った光景だった。さらに客室内を見渡した時、信じ難い光景に思わず息を呑んだ。

客室の機首に向かって左側の前部、ファーストクラスとビジネスクラスの1列から10列ほどまでの壁全体が歪み、そこに整然と並んでいたはずの座席も右方向に傾いている。その中から呻き声や、助けを求めるか細い声が幾つも上がっている。

制服の上着を急いで脱ぎながら、咲来は隣に座る客室乗務員に声をかけた。

「さあ、これからよ！」

だが返事はなかった。

咲来が目を向けると、その客室乗務員は前に体を投げ出し、ガクンと首を垂れたまま身動きしない。

「しっかりして！　起きなさい！」

その瞬間、咲来はすべての感情を捨てた。

チーフパーサー用の白いジャケットを通路に脱ぎ捨てて黒いシャツだけの姿となった咲来が反射的に足を向けたのは、左側の座席群だった。客室内は暗く、外壁の孔が開いた部分から零れてくる空港のライトと通路の誘導灯を頼りに左側へ向かった咲来は、自力でシートベルトを外して歩行が可能な旅客には大きな声をかけ、そうでない旅客には救い出すための作業に没頭した。

咲来は顔面から出血する旅客を抱きかかえたが、その下半身が抜けなかった。一旦、そこを離れ、他の客室乗務員たちとともに瓦礫（がれき）となった座席を排除してから全身を助け出し、後ろで待ち構えていた客室乗務員にリレーした。

歩行が困難な旅客の肩を抱いた咲来は、Ｌ１ドアが歪んで脱出用スライドが使えないであろうと判断した後、すぐ右側に目を向けた。

Ｒ１ドアが開け放たれ、そこから緊急脱出スライドが地面へと伸びている。そこのポジションの客室乗務員が緊急のプロシージャーをきちんと守ってくれたのだ。

働き出した大勢の客室乗務員たちが、主に左側の座席の旅客を中心に避難誘導に当たっていて、Ｒ１ドアへと急がせている。

Ｒ１（アールワン）ドアから地面に伸びたスライドへと旅客の送り出しを開始した咲来は、後方のＲ４ドアからスライドが降ろされていることに気づいてそこへ行くと、その下で不思議な光景を目にした。

スライド下の両端で旅客を待ち受ける末永早苗と深沢由香利とが息もピッタリ合って作業を進めているのだ。

続々と救急車が到着すると、二人はさらにコミュニケーションも良く、具合が悪そうな旅客たちを収容する作業も共同で始めていた。

「ダメです、荷物は持って行けません！」

背後で堀内綾乃の声が聞こえた。

咲来が目を向けると、ターミナルビルとの接触を免れたL４ドアの手前で、一組の夫婦と堀内綾乃が揉めている。

「どうしたの！」

駆けつけた咲来が急いで声をかけた。一刻も早くここを離脱する必要があるのだ。

「こちらのお客様が、バッグを持って行きたいと。規定によってそれはできませんと申し上げたんですが――」

制服の上着を脱いでシャツを皺だらけにした堀内綾乃が困惑の表情を浮かべていた。

「ここには亡くなった娘の遺骨が入っているのよ！　留学していた娘にとって思い出のあるニューヨークの海に散骨してやりたいの！」

咲来は、その旅客が、「Ｐ６」に入っていたコンドウ・タケルだとすぐに分かった。隣では涙を流す妻のコンドウ・サクラコの姿があり、夫の腕に寄り添っている。

「お気持ちは分かりますが、それはここに！　早く！」

堀内綾乃が手を伸ばした。

「私たちは、娘を身も心もズタズタにして捨て、そのことで自殺に追い込んだ男を捕まえて欲しいと、ある警察署の当直の責任者でいた、矢島さんという刑事に必死に訴えました。でも何もしてくれなかった。身も張り裂ける思いで毎日、妻と泣いていました。しかし、せめても、娘の夢だったニューヨークの海に散骨してやりたい、そして自分たちも娘のもとに行きたい、という思いに救いを求めることがやっとできたんです。そんな思いまでしたのに置いていけない！」

咲来は驚いた。しかし今はそんなことはどうだっていい！

一瞬、躊躇った咲来だったが決断した。

「私が責任を持ってお預かりします。ですのでどうかこのままで脱出を！」

コンドウ夫妻の誘導を急いで始めた咲来に、堀内綾乃が声をかけた。

「チーフパーサー、あの、鼻から血が――」

だが咲来は気にも留めなかった。そんなことは今、どうだっていいことなのだ――。

福岡県警のスカイマーシャル、モリムラ・カナコとともにＭＥＣから抜け出した兼清は、キャビンに戻って大きく開け放たれたＬ４ドアを目指した。

「あんたのこのステルスは、誰の仕切りだ？」

逃げ遅れている旅客を連れ出しながら兼清はモリムラ・カナコにぶっきらぼうに訊いた。

「福岡（県警）のウチの隊長と、そちらの北島隊長です。二人だけの秘匿です」

「しかし、《QUEEN》の警報は、今日の未明に初めてアップされたはずだ」

兼清は疑問を口にした。

「《QUEEN》のソースが、国家情報コミュニティであることはご承知の通りです。昨日、まず、その国家情報コミュニティを関係省庁で共有（シェア）する前に、欧州の治安機関インテリジェンスネットワークでありますベルンクラブとの間で〝羽田からの便がヤバイ〟との秘匿情報を共有しました、警察庁外事本室（ゼロサン）に出向中の福岡県警の先輩から、アンダー（非公式ルート）での通報があり、それを受けて私の上司がそちらの隊長に密かに協議を行った結果です」

「つまりは、その先輩とあんたの上司、そしてウチの隊長（オヤジ）とが個人的に仲が良かった、そんな属人的な話か」

兼清はそう言って苦笑した。

「それより、腕の出血管理を早くなさってください」

険しい表情でモリムラ・カナコがそう言った時、エコノミークラスの最後列で動かない女性が目に入った。ソノダ・ユウカだとすぐに分かった。

「先に行け！」

モリムラ・カナコを送り出し、ソノダ・ユウカの傍らへ走って行った時、兼清は怒鳴りかけたい気持ちになった。なぜすぐに逃げなかったのか——。

だがすぐに思い直した。

「一人にして悪かった。さあ、オレが一緒だ。行こう！」

涙ぐむソノダ・ユウカは大きく頷いた。彼女の肩を抱いた兼清はＬ４ドアへ連れて行き、先に緊急脱出スライドを使わせ、その後から続いてスライドを滑りきった。

兼清の目に入ったのは近づいてくる赤色回転灯の洪水と、幾重ものサイレン音だった。

スライドから立ち上がった兼清が、ソノダ・ユウカの手を引いてすぐに走り出したその時、アサルトライフルをストレートダウンで構えて防弾ヘルメットに黒っぽいアサルトスーツを身につけた七名の男たちに加え、黒っぽい脚立式梯子とローリングタワー（組み立て式足場）を引き連れていずれも同じアサルトスーツに身を包んだ大勢の男たちが駆け寄ってきた。

「ＳＡＴ（サット）です。対象はどこに？」

指揮官らしきＳＡＴ隊員が辺りを急いで見渡した。

「無力化した。三名とも。乗客も無事だ」

兼清はそう言って、肩を抱いたソノダ・ユウカの顔を覗き込んでから小さな頭を撫（な）でた。

「つまり脅威は？」

ＳＡＴ隊員が滑舌良く尋ねた。

「ゼロだ」

兼清がそう即答した直後、怒声が聞こえた。

「爆発するぞ！　離れろ！」

兼清とＳＡＴ隊員たちが一斉に振り返ると、さくら航空２１２便の機体前部の左側が、搭乗橋を真っ二つに押し潰してそこに突っ込んで止まっている。主翼付近で電線らしきコードが十数本垂れ下がってパチパチという音とともに光を放ち、露出された何本ものチューブやホースの先から不気味な液体がアスファルトに零れ落ちていた。

兼清は、追いついてきたモリムラ・カナコにソノダ・ユウカを預けた。

「いいか、彼女はオレが最も信頼する友人だ。だから彼女と一緒に先に行ってろ。オレは助ける人がいる。分かったな」

大きく頷いたソノダ・ユウカは、モリムラ・カナコに連れられてターミナルへ向かって走り出した。

そこで立ち止まった兼清は、逃げ惑う周囲の旅客たちを誘導しながら叫んだ。

「そっちじゃない、こっちだ！　走れ！」

その途中で咲来の姿が目に入った。緊急脱出スライドの下で転がってなかなか立てないでいる。

兼清は咲来の元へ走った。

「しっかり掴まれ」

辿り着いた兼清は咲来の肩を持ち上げた。

「スライドに失敗するなんて、国土交通省の『ＯＪＴ』（実技訓練）なら始末書ものね」

咲来は独り言のようにそう言った。

だが兼清はそれを無視して肩で支えた。

「痛っ！」

咲来は小さな悲鳴を上げた。

兼清が急いで訊いた。

「足をやられたか？」

「いえ、捻挫だけかと……」

咲来が顔を歪めながら言った。

「とにかくここを離れる」

「ダメです。あなたは早くここを離れて！　あっ、あなたの腕から血が！」

兼清はその言葉を無視し、咲来を強引に背中に抱えた。この訓練をやったのは一年前かと兼清はふと思った。

兼清はそのまま駆け出した。だが自分では全速力と思ったがなかなか距離が伸びない。

「旅客は？」

駆けながら兼清が訊いた。

「すべて避難完了です！」

「乗務員たちは？」

「全員脱出しました！」

咲来が機敏な口調で応えた。

「あの撃たれた女性はどうなった？」

兼清は、娘の前でスミスに撃たれた、あの中年女性のことが気になっていた。

「パラメディックの資格を持つ、ビジのパーサーの堀内が、ダメージ・コントロール・サージェリーのタオルパッキングの応急措置を行ったことでバイタル（血圧、脈拍数など）が安定しているので出血は止まっているようです。意識も清明です。しかし腹腔内出血は間違いないでしょうから、さっき救急車で！」

大きな爆発音を聞いたのは、立花咲来を背負いながらトーイングカーを掻き分けて進んでいた途中のことだった。

咄嗟に振り返った兼清と、その背中に乗る咲来が同時に見つめたものは、主翼部分から濛々（もうもう）と立ち昇る巨大な黒い煙だった。

エピローグ

羽田空港　国際線エプロン

右腕の出血の手当を救急隊員から受けた兼清が、サテライトに集結したランプバスの一つに足を向けたのには理由があった。

メガホンで声を張り上げる地上係員に、そのランプバスへと誘導される旅客の列の中から、ヨシザワ・ミツキの娘であるリオが兼清の姿を見つけると、急いで駆けてきた。

「わたし、泣かなかったよ」

真っ先にリオが口にしたのはその言葉だった。

「やっぱり、もうお姉ちゃんだ」

しゃがみ込んだ兼清は満面の笑みでリオを見つめた。

「顔にケガがいっぱいあるよ」

リオは、不思議そうな表情をして兼清の顔を覗き込んだ。

「これね、オジサンのクンショウ（勲章）ってやつなんだよ」

その時、背後から誰かが近づく気配を感じた。

「あの彼女は、大丈夫ですか？」

兼清が顔を上げると、ヨシザワ・ミツキが立っていた。兼清は、ソノダ・ユウカのことを言っているんだな、とすぐに分かった。

「もう大丈夫。彼女は私が救った」

ヨシザワ・ミツキは笑顔を見せた。

「あんたが彼女から奪おうとしたのはナイフだったんだな？」

ヨシザワ・ミツキは小さく頷いてから言った。

「搭乗待合室のトイレで私、一度、彼女を止めたんです。手首を切っていたのを――。それでずっと心配で、飛行機の中でも見ていました。でも、また、ナイフを持ってトイレに行こうとしたのに気づいて――」

笑顔となった兼清は満足そうに頷いてみせた。

「やはりこの子は？」

兼清は、ヨシザワ・ミツキの脚に絡みつくリオを見下ろした。

ヨシザワ・ミツキは小さく頷いた。

「彼女も暴力の被害者でした。母親を病気で亡くし、父親が育てていたんですが、その父親が――」

兼清は黙って聞いていた。

「アパートの隣に住んでいたんです。毎晩でした。彼女の悲鳴と許しを乞う必死の泣き声――」

「役所への相談は？」

兼清が口を挟んだ。

ヨシザワ・ミツキは力なく首を振った。

「男はその度に、いい父親を演技していたんです」

兼清は、ふと娘のことを考えた。自分とて、いい父親を気取ろうとしているのだろうか……。

「私も、リオちゃんと同じ環境で育ちました。そして結婚しても同じで……。でも子供が生まれて、しばらくは幸せだったんですが……二歳の時です。夫の暴力で……」

ヨシザワ・ミツキは両手で顔を被って嗚咽した。

「ですから、リオちゃんの姿が死んだ娘と二重写しになって……ある夜、父親の暴力でいつもより酷い悲鳴を上げたのを聞いた時、命を救わないと！　と思ったら、私、リオちゃんを連れ出していました。リオちゃんを地獄から救うんだって――。それが犯罪だとは分かってました。でも、あの父親、スズキ・イブキは、リオちゃんに一千万円の生命保険まで掛けていたんです――」

「まさか、実の娘を……」

「いえ、スズキ・イブキは義理の父親です」

ヨシザワ・ミツキが虚空を睨(にら)み付けた。

「で、飛行機の中まで追ってきた？」

「私たち、アメリカへ逃げようとしていました。少なくとも何週間かは。叔母夫婦が住んでいるんです」

「しかし、悲しい結末が待っていた――」

兼清は言葉を足した。

ヨシザワ・ミツキは大きく頷いた。

「想像もしていませんでした、乗っていたなんて……」

ヨシザワ・ミツキは両手を体に回して震えた。

「だから、機内では、あんなに怯(おび)えていたんだな……」

兼清が言った。

「怯えていたのはそれだけじゃないんです。別れた夫とそっくりの人がいたんです、お客さんの中に――」

「そっくり？　どんな風な？」

兼清が訊いた。

「身長は百八十近くあって、髪質が硬そうなところ、それに鼻の右側にあるホクロと額の左側の小さなキズまで同じだったので。席は確か、エコノミークラスの右通路に面した、33列の席だったと――。でもしばらくすると見えなくなりましたが――」

兼清は納得できた。それらの特徴はすべて矢島班長を示している。

ヨシザワ・ミツキが矢島班長の背中を睨み付けていたという客室乗務員の証言はそういうことだったのだ。

「お話があります」

ヨシザワ・ミツキは一度そう言ってからその言葉を口にした。

「スズキ・イブキを殺したのは私です」

兼清は大きく頷いてから口を開いた。

「しかし、スズキ・イブキが危害を加えようとしたことから自分の身を守るために突き飛ばした――」

「でも……」

兼清がそう補足した。

「危険を感じて思わず手を突き出した、そうですね！」

兼清が語気強く言った。自分の任務は、「航空保安を損なう可能性が高い危険人物」を排除することであり、それ以上でもそれ以下でもない――。

ヨシザワ・ミツキは口を手で押さえながら嗚咽した。

「あなたはリオを育てる責任がある」

兼清が言った。

「でも私は……」

「あの男に奪われた時、リオちゃんが何て言ったか憶えていませんか？」

「えっ？」

「ママ、ママ！　助けて！　そう必死に言ってましたよ」

ヨシザワ・ミツキはその場にしゃがみ込んで泣きじゃくった。

その背中をリオは優しく撫で始めた。

「ママ、泣いちゃダメだよ。もう大人でしょ」

ヨシザワ・ミツキはしっかりとリオを抱き締めた。

「分かった。ママ、ダメだね」

「これからも一緒だね、ママ」

「でもね、ママ、しばらくね、ちょっと行くところがあるの」

「オジサンと一緒に待ってるよ」

兼清が言った。

「何時に帰って来る？　寝る前の歯磨きまでには帰って来るよね？」

「そうよ。すぐにね」

涙で顔をくしゃくしゃにしたヨシザワ・ミツキはもう一度、リオの体を引き寄せた。

立ち上がったヨシザワ・ミツキは、兼清に頭を下げた。

「こんなことは、そちら様のお仕事ではないことは分かっていますが、関連の施設までの段取りをどなたかに引き継いで頂けないでしょうか？」

そう言ってヨシザワ・ミツキはリオへ視線をやった。

「もちろん」

兼清は大きく頷いた。


東京消防庁の照明車の皎々(こうこう)としたLEDライトで浮かび上がる、無残な姿となった機体の周りを忙しく駆け回る消防車や整備車の姿に一度目をやった兼清は、雨から雪となった夜空をふと見上げた。

ジャンパーのフードを被(かぶ)り、一度体をぶるっとさせてから歩き出した兼清の元に、ボディを白とブルーに塗られた一台のパジェロが滑り込んできた。

中から姿を現した北島隊長に、兼清はまず、機内で起こったすべての顚末を簡潔に報告を始めた。

「一匹狼には、まだ、本当の最後のフライトが残っているってことだな」

北島が放った第一声はその言葉だった。

その言葉を予想していた兼清は、その答えもすでに用意していた。

今朝、空港に足を一歩踏み入れた瞬間、〈さくら212便〉のフライトで現場を離れると決めた。だから〈さくら212便〉以外の航空機警乗はもはや自分の任務ではないのだ。

「いえ、たった今、任務を終えました。決して褒められた任務ではありませんでしたが――」

兼清は、燻りつづける〈さくら212便〉の機体を遠目にしながらそう言った。

北島は大きく頷いてから言った。

「そう言うと思ったよ」

「全旅客の捜査を行っていた刑事部から情報が入った」

北島がつづけた。

「結局、今朝の全世界一斉の《QUEEN》の警報は、フェイクだった可能性がある、と外国機関からの通報が警察庁に入っているらしい。そもそもはヘルシンキのアメリカ大使館へのタレ込みだったようだ。つまり、タグチがいわゆるディスインフォメーションを仕掛けたというわけらしい。その狙い通り、そこから全世界へ広がった。ヘルシンキを選んだことにタグチや犯行グループの凄まじいまでの計画の緻密さがあった、と外事は分析している。ヘルシンキという街がテロリストやスパイが暗躍する街と言われているだけじゃないらしい。約一年前、アメリカの旅客機の爆破未遂事件があったが、その時、それを探知したのがヘルシンキの同じアメリカ大使館だったことが、今回、ナーバスな反応になったと思われる――そう外事の奴らは言っている」

「タグチは元特殊部隊の隊員でした。ディスインフォメーションなどの巧妙な心理戦は任務の一つだったはずです」

「特殊部隊だったのか……オレたちはそんな奴と勝負していたのか……」

北島はそう言って顔を歪めた。

「元特殊部隊だったタグチの計画の緻密性の凄まじさはそれだけでないと思います」

怪訝な表情で見つめる北島に構わず兼清はつづけた。

「私が『P6』と指定していた容疑者のうち、共犯者であったスミスと福岡県警のモリムラ・カナコ以外の四名は、さくら航空212便に乗っていたのは偶然ではない、そんな気がしてなりません」

「偶然じゃない？　まさか……」

「特殊部隊が作成するオペレーションはすべてが必然です。偶然に頼るプランニングはありません。挙動不審な六人もの容疑者がいることは、地上の関係機関に必ず伝えられる。つまり不審者がいたことを印象づける——それを見越して、四人を集めた可能性があると思っています。すべては本来の目的を隠すためにです」

「共犯者だったスミスは除外しても、生活環境がまったく違う四人をどうやって集めた？」

怪訝な表情で北島が訊いた。

「四人に共通点が一つだけあります」

「共通点？」

「四人は大きな、しかも深い心の傷を背負っていたことです」

「心の傷……」

北島がさらに口を開こうとした時、パジェロの運転席にいる部下から声がかけられたことで車に駆けて行った。だが無線での短い会話を終えると、すぐにまた戻ってきた。

「お前が今、言っていたことが正解のようだ。公安部の突き上げ捜査の途中報告の中に、タグチが、身分を欺騙してあるウエッブサイトを作っていたことが判明している。それは、心に深い悩みや怒りを抱いている人から、無制限の時間でしっかりと話を聞いてあげるという趣旨のものらしい。まだ全容は解明されていないが、メンバー登録の中にコンドウ夫妻とサイトウ・ヒロシらしき者が発見されたとしている。サイトウ・ヒロシは公安部の調べでは客室乗務員に強い怒りを持っていたことが分かっている。これだな——」

「巧みな誘導で、個人情報をすべて把握し、さくら航空２１２便に乗せるための工作をしたのだと確信しています」

大きく頷く北島の姿を見つめる兼清の脳裡(のうり)には、自分が下した判断とは違う想(おも)いが立ち上がっていた。

兼清は自分が報告した内容と地上での捜査の結果を合わせてみて、〝巡り合わせ〟というものを考えさせられていた。

凍りつきそうな夜空を見上げながら兼清は、生前、妻の志織が口にしていた〝巡り合わせ〟という言葉を思い出していた。

〝巡り合わせ〟とは人と人の出会いだけに止(とど)まらない。運命そのものの〝巡り合わせ〟があるということを――。

コンドウ夫妻は、ニューヨークで命を絶とうとしていたが救われることとなった。ヨシザワ・ミツキは深刻な脅威が消えてアメリカへ逃げる必要がなくなり、近い将来、リオとの新しい世界が待っているはずだ。そして自殺願望者のソノダ・ユウカには自分が守ってやるとの想いが兼清にはあった。それらはすべて運命の〝巡り合わせ〟なのだ。サイトウ・ヒロシについての〝巡り合わせ〟というのは、今後、恐らく、さくら航空から『警告書Ⅱ』が送達されるということだ。なぜなら、国土交通省航空局の知り合いに言ってそれを強力に推し進めようと兼清が思っていたからだ。彼にとっては自業自得という運命となる。

兼清は先ほど北島から渡された公安部による捜査結果の速報版を開いてみた。現在、明らかになっている部分だけでも、旅客の中にいた、母親の死を乗り越えてブロードウェイの演劇学校の入学を果たした若い女性。暴力団からの闇金(やみきん)借金から逃れるため、幼い子供を連れて海外逃亡を図ろうとした工場の社長家族。また、アメリカで交通事故に遭(あ)った娘の遺体を引き取るために搭乗していた夫婦など、様々な人生を抱えた人たちにとって、今回の事件でいかなる運命の〝巡り合わせ〟があったのだろうか――。兼清はそれを考えざるを得なかった。

しかし、ホテルで殺された水野清香にとっての〝巡り合わせ〟は人生を奪うもので、残酷な結果となった。彼女は、忌引きで休むことになったメンバーのヘルプだった。二日前まで、今日の業務に就くことは想像もしていなかったのだ。

兼清は、脳裡に浮かんだ妻の志織に語りかけた。

――志織、今オレは、運命の巡り合わせってのをつくづく感じている。だから思う。明日、墓参りに行くから、お前ともう一度そのことをゆっくり語り合いたい――。

「矢島班長のご家族へは?」

兼清がそのことを思い出して急いで訊いた。

「奥さんと息子さんが間もなく――。まだ六歳だったよな……」

北島のその言葉に、兼清は溜息を吐き出してから言った。

「班長には最後まで分かってもらえなかったのが残念です」

驚いた表情で北島がそれを口にした。

「お前、何にも知らなかったんだな」

兼清は怪訝な表情で北島を見つめた。

「奴とお前との出逢いも、また〝巡り合わせ〟だった」

「矢島班長との〝巡り合わせ〟？」

北島は力強く頷いた。

「特務の班長にするためアイツを最初に口説いたのはオレだ」

そう言い放って北島はつづけた。

「だが、そもそもの命令はもっと上だ。一年後の、東京での国際博覧会までに、クウテロの『特務』を最高レベルまでアップさせろ。総監から内々に、警備部長を介してそうお達しが下された」

兼清は黙って耳を傾けた。

「特務班には構造的な問題が露呈されていた。お前も知っている通りの、人事ローテーションの早さゆえのことだ。そこで警備1課長から相談された時、オレは、〝劇薬〟が必要だと進言した。そこで、矢島に白羽の矢を立てた。ＳＡＴに着隊した若い頃から、逮捕術と柔道でも相手を過度に叩きのめしケガもさせた問題児で、歴代の隊長や班長も手を焼いていた、そのエネルギーが、特務班には必要だと確信した。ところが、あいつは拒絶しやがった」

サイレン音をまき散らすパトカーが傍らを通り過ぎたことで言葉を切った北島が話を再開した。

「『特務』にいって暴れてこいって言うなら、もちろん好きなように勝手にやらせてもらいますよ」

居酒屋の片隅で矢島がそう言ってさらにつづけた。

「ですが、今の自分の階級からすれば、行ったら指揮官です。スカイマーシャルの経験がない自分が行ったら、若い奴らはついてきませんよ。奴らは奴らで、オレは専門家だ！という強いプライドを持ち、それを信じて必死でやっているんです」

「総監からの直々の命を撥ね付けるというのか？」

北島が説得した。

しばらく黙り込んだ矢島班長がそれを口にした。

「条件を言わせてください」

「言ってみな」

身を乗り出した北島が促した。

「特務班にいる兼清涼真――。奴をオレに任せて欲しいんです」

「兼清を？」

「アイツのことはよく知っています。HJ（ハイジャック）事案の合同訓練でしっかりと見ました。奴は、将来の特務だけでなく、クウテロを背負ってゆく奴です」

「いい線見ているな――」

北島は賛同した。

「ですから、たとえどれだけ嫌われてもいい。徹底的に指揮官として育てたい――」

北島の話を聞き終えた兼清は、苦笑しながら頭を振った。

「指揮官？　笑わせないでください。自分は、単に〝現場の人間〟です」

しかし北島はそれには応えず、

「矢島は、お前との〝巡り合わせ〟で特務に来た」

と言い切った。

「しかし結局、お前を育てる前に――」

兼清が黙った。

「残念だ……」

そう言って北島は降りしきる雪を仰いだ。

しばらく黙っていた北島が兼清を振り返った。

「タグチがお前に言った供述、早く報告書にしろ。タグチとその支援グループを雇った首謀者について一報を入れただけだから、捜査第1課が大きな関心を寄せているそうだ」

北島がそれを命じた後、その背後から、さくら航空のロゴマークが入った、一台のステーションワゴンが近づいて来るのが兼清の目に入った。

運転する整備士風のつなぎを着た男の後ろに、一人の女性が座っている。

車を振り返った北島は、首を竦めて苦笑し、兼清の腕をポンポンと軽く二度叩いてからパジェロに向かって行った。

北島に向かって直立不動で頭を下げてからそこを離れた兼清は、ステーションワゴンの元へ歩み寄った。

粉雪から綿雪となった中で車から出てきた咲来は、黒い半袖シャツ一枚の姿のままで近づいて来た。そのシャツは至るところが何かの染みが付いたように汚れ、破れてもいた。顔も煤だらけで、鼻腔から流れている血が顎まで滴り、シャツの上にもその血と思われる染みが点在している——。

「病院へは？」

「あんたこそ」

兼清が咲来の鼻を指でさし示した。

ハッとした表情となった咲来は、鼻腔から垂れている血を右手の甲でぞんざいに拭った。

「あなた方のお仲間が許してくれませんからね――」

立花咲来はチラッと笑顔を見せた。

これが素顔の笑みか、と兼清はふとそう思った。

「私、あなたとお会いしたこと、実は、今日が初めてじゃないんです。憶えてます？」

咲来が悪戯っぽく笑った。

考える風にしていた兼清だったが、最後には左右に頭を振った。

「十カ月前、羽田発福岡便――」

なかなか思い出せない兼清は苦笑した。

「その時、《QUEEN》をあなたが捕まえた――」

咲来が急いで言った。

「ああ――」

ようやく兼清は思い出した。

「でも、あれは本官としての公務じゃなくて――」

「でしょうね。でも、その時のあなたはとっても――」

咲来は急に口ごもった。

兼清が怪訝な表情を向けた。

「ワインショップ、もしご興味があれば――」

咲来は話題を変えた。

ただ、その次の言葉に、〝今度〟か〝近いうちに〟か、どちらを使おうかと一瞬、迷った。これまでの男は、みんな、その言葉は先んじて言ったものだと思いながら――。

「近いうちに、詳しいお話をさせて頂きますよ」

咲来は意を決して言った。

兼清は小さな頷きだけで応じた。

二人は無言のまま見つめ合った。走り回る消防車や救急車の赤色回転灯の光が二人の顔で遊んでいる。シニョンが崩れた咲来の長い髪が、東京湾からの冷たい海風に流れ始めた。

「どちらかに行かれるんでしたら送りますよ」

しばらくして口を開いた咲来は、背後の車へチラッと視線をやった。

「いや、まだ仕事があるんで」

無表情でそう言った兼清に、咲来は小さく微笑(ほほえ)みながら頷いた。

「じゃあ、また、キャビンで」

その咲来の言葉に、兼清は右手で軽くハイサムポーズをしただけで応じた。

ぎこちない笑みを浮かべた咲来は、一人頷いてから、何かを振り払うように踵(きびす)を返して車へと戻って行った。

走り去るステーションワゴンのテールランプを兼清が無言のまま目で追っていた時、スマートフォンの振動をズボンの後ろポケットで感じた。

ポケットから取り出したスマートフォンのディスプレイには、娘の若葉の名前があった。若葉の方から架けてくれたのは、恐らく今年の春から初めてのことだろうかと兼清は思った。

「観たよ、テレビ」

若葉が唐突に言った。

「テレビ？」

「ずっと中継してる。さっき映ってたよ」

「そっか……」

兼清はその先の言葉を探した。だが相応しい言葉に迷った。

「画面に流れたあの顔、メチャ酷かった。目のあたりが腫れててさ。カッコ悪すぎ。どうせまだ空港なんだろ？　早く病院へ行きなよ」

「ああ……」

兼清が言えたのはそれだけだった。

これから若葉と向き合うためには言葉が必要だと分かっていた。兼清は自分でも情けなかった。

「で、こんな時に何だけどさ、引っ越し先の新しい部屋のリビングのカーテンの色、やっぱり、ブルーがいい。ピンクって柄じゃないし——」

「そうか……」

「で、今夜、帰ってこれんの？」

若葉が訊いた。

「たぶん、かなり遅くなる」

「冷蔵庫にさ、湯掻いておいた昆布うどんの麺があるから。後はコンロにある出汁を温めるだけ。それくらいはやんなよ」

若葉が、自分の大好物を憶えていてくれたことに兼清は驚いた。

「ありがとう」

その言葉だけはきちんと言えた。

「じゃっ」

通話を切ろうとした若菜を兼清は、

「ちょっと待て」

と慌てて押し留めた。

「なに？」

若菜が不機嫌そうに言った。

「唐突にあれなんだが……短い間だけ……妹が……妹ができるってのはマズいか？」

兼清が辿々（たどたど）しく訊いた。

「妹？」

「ちょっと事情があって、ある女の子をしばらく預かろうかと。どうだ？　嫌なら――」

「歓迎！」

若菜が明るい声を上げた。

「今更、オヤジと二人だけで、来週から毎朝、毎晩、顔を突き合わせるのって、勘弁して、と実は思ってたし。それに私、妹、欲しかったんだぁ。で、いつ来る？」

若菜の言葉は弾んでいた。

「たぶん、明日からただ……」

兼清は言い淀んだ。

「名前は？　幾つ？」

若菜が矢継ぎ早に訊いてきた。

「リオ。五、六歳」

「リオちゃん……イイね」

兼清は、久しぶりに若菜の笑顔が想像できた。

謝辞

　未知の領域だった世界を知るために、警備実施の凄まじさと、航空会社の客室乗務員と航空機運用スタッフの方々の業務の詳細について長時間に亘りご指導を頂き、稚拙な質問にも常に温情をもってご指導を賜った方々に深く感謝の言葉を述べたい。本当にありがとうございました。

　編集を担当して頂いた、私の長年の〝教師〟である、角川春樹事務所の永島賞二氏には、この文庫化においても時間をかけて手取り足取りご教示を賜りましたことに、再び多くの言葉で御礼を申し上げたい。誠にありがとうございました。

　尚、本文中に登場する航空機の機材と施設など、航空保安にかかわる部分についての表現は、実際の航空安全上の観点から幾つかの点で配慮をしていることをご留意ください。

二〇二三年七月　　麻生　幾

本書は二〇二一年七月に小社より単行本として刊行された
『ＱＵＥＥＮ　スカイマーシャル兼清涼真』を改題したものです。

ハルキ文庫

あ 37-1

スカイマーシャル

著者　麻生 幾（あそう いく）

2023年9月18日第一刷発行

発行者　角川春樹

発行所　株式会社角川春樹事務所
〒102-0074 東京都千代田区九段南2-1-30 イタリア文化会館

電話　03(3263)5247(編集)
03(3263)5881(営業)

印刷・製本　中央精版印刷株式会社

フォーマット・デザイン　芦澤泰偉
表紙イラストレーション　門坂 流

ISBN978-4-7584-4590-0 C0193 ©2023 Aso Iku Printed in Japan
http://www.kadokawaharuki.co.jp/［営業］
fanmail@kadokawaharuki.co.jp［編集］　ご意見・ご感想をお寄せください。

今野 敏 安積班シリーズ 新装版

ベイエリア分署篇

『二重標的（ダブルターゲット）』東京ベイエリア分署
今野敏の警察小説はここから始まった!!
巻末付録特別対談第一弾！ **今野 敏×寺脇康文**（俳優）

『虚構の殺人者』東京ベイエリア分署
鉄壁のアリバイと捜査の妨害に、刑事たちは打ち勝てるか⁉
巻末付録特別対談第二弾！ **今野 敏×押井 守**（映画監督）

『硝子（ガラス）の殺人者』東京ベイエリア分署
刑事たちの苦悩、執念、そして決意は、虚飾の世界を見破れるか⁉
巻末付録特別対談第三弾！ **今野 敏×上川隆也**（俳優）

今野 敏 安積班シリーズ 新装版

神南署篇

『警視庁神南署』

舞台はベイエリア分署から神南署へ――。

巻末付録特別対談第四弾！ 今野 敏×中村俊介（俳優）

『神南署安積班』

事件を追うだけが刑事ではない。その熱い生き様に感涙せよ！

巻末付録特別対談第五弾！ 今野 敏×黒谷友香（俳優）